诗
想
者

HIPOEM

诗想者·读经典

Ka'erweinuo Niandai

卡尔维诺年代

狄青 著

GUANGXI NORMAL UNIVERSITY PRESS

广西师范大学出版社

·桂林·

图书在版编目（CIP）数据

卡尔维诺年代 / 狄青著. —桂林：广西师范大学
出版社，2020.6
　（诗想者·读经典）
　ISBN 978-7-5598-2750-0

　Ⅰ . ①卡… Ⅱ . ①狄… Ⅲ . ①随笔—作品集—中国—
当代 Ⅳ . ①I267.1

中国版本图书馆 CIP 数据核字（2020）第 053651 号

广西师范大学出版社出版发行

（广西桂林市五里店路 9 号　邮政编码：541004 ）
　网址：http://www.bbtpress.com
出版人：黄轩庄
全国新华书店经销
广西广大印务有限责任公司印刷
（桂林市临桂区秧塘工业园西城大道北侧广西师范大学出版社
集团有限公司创意产业园内　邮政编码：541199）
开本：890 mm × 1 240 mm　1/32
印张：8　　字数：180 千
2020 年 6 月第 1 版　　2020 年 6 月第 1 次印刷
定价：58.00 元

如发现印装质量问题，影响阅读，请与出版社发行部门联系调换。

缘　起

　　经典作品总是常读常新，其魅力不会因为时间的流逝而削弱。阅读经典，不仅能拓宽我们的知识面、开阔视野、增强思想的深度，更重要的是，经典作品能够延展我们生命的维度和情感的纵深，让我们度过一个更有意义的人生。因此，任何一种经典，都值得我们穷尽一生去阅读，去领会，去思索。

　　作为"诗想者"品牌重要组成部分的"读经典"书系，以对文学艺术领域的经典作品、代表性人物的感受和介绍为主。所选作者，多为具有突出的创作成就的作家，他们对经典作品的感悟、解读、生发、指谬，对人物的颂扬与批评，对"伪经典"的批判，均秉承"绘天才精神肖像，传大师旷世之音"的宗旨。在行文造句中，力求简洁、随和、朴实，不佶屈聱牙、凌空蹈虚。

　　做书不易，"诗想者"坚持只出版具有独特性与高品质的文学图书，更是充满孤独与艰辛，但对文学的这一份热爱，值得我们不断努力。"读经典"书系既是对古今中外杰出作家与作品的致敬，也是对真诚而亲切的读者的回报，同时，我们也期望通过这一系列图书，为建设书香社会尽绵薄之力。

广西师范大学出版社

2018 年 9 月

目录

不够"伟大"的毛姆

　　读威廉·萨默塞特·毛姆小说以外的文字，会发现一个比较有趣的现象，那便是毛姆总会于字里行间冷不丁便扯上几句与稿费相关的话题。当然了，他老人家想要表达的意思嘛，大家想必都明白，那便是作家写作与金钱之间，不仅不存在任何矛盾，并且一个靠写作赚不到钱的作家根本就没有权利去批判一个能够经由写作赚到钱的作家。就比方说谈到狄更斯时，毛姆便不止一次说狄更斯"22岁那年便每周可以通过写作赚到22.5英镑了"；而讲到巴尔扎克的时候，毛姆则认为巴尔扎克用从出版商手里预支的稿费来满足自己的奢靡消费无可指摘。在1932年出版的《偏僻的角落》一书中，毛姆更是说道："没有足够的收入，生活的希望就被截去了一半。你得处心积虑，锱铢必较，绝不为赚得一个先令而付出高于一个先令的代价。我发现金钱就像第六感，没了它，你就无法最佳地发挥其他五感。"毛姆讲这些话自然有他的道理，谁叫他是英国同时代靠写作赚钱最多且又是在普通读者中最出名的作家呢？但问题是，虽然毛姆赚得盆满钵满，名气亦如日中天，但有关他是一个严肃作家还是一个通俗作家的争论，却从他写作伊始就没有中断过。以至于连毛姆都相信，自己骨子里很可能就是一个通俗作家，因而他对自己的评价便是：通俗作家，二流水准。但异议并未由此减弱，其原因还是与毛姆的作品持续且屡创新高的畅销有关。在毛姆最为叱咤风云的那些年头，他的确没有得到评论家的尊重，遑论推崇，而且越是有名的评论家往往越躲着他，其中的一部分原因或许是出于嫉妒。要知道，在那样一个文学年代里，一位严肃的、有社会责任感的作家倘使能通过他手中的笔过上像样的日子是不可想象的，甚至也是不可原谅的。毛姆通过写作变得相当富有，他能在美国东部和法国南部买下豪华别墅，他可以在伦敦、巴黎、日内瓦、尼斯这样的地方随时随地举办奢华聚会，他可以像唐宁街的内阁大臣抑或走红的电影明星那样动不动就上新闻版的头条，这对于彼时的英国文坛而言无疑是有点儿"超现实主义"了。

但更重要的原因或许并不是简单的嫉妒。多数评论家都有一种共识，那便是毛姆的作品里的确存在着某种难以忽视的局限性。从某种意义上来讲，毛姆只不过在小说里解析了没有情感的情感，给文学界提供了没有新意的新意，对于我们周遭并不美好的林林总总，他似乎既没有提出质疑也没有提出任何值得思考的问题。的确，在我看来，毛姆感觉上似乎更像是一位 18 抑或 19 世纪初期的欧洲作家。他在叙事风格上更接近于福楼拜与莫泊桑或者他的同胞吉卜林。而 20 世纪上半叶，恰是世界文学走向发生重大变化的时期，最具时代特征的是卡夫卡、乔伊斯、普鲁斯特，是里尔克、佩索阿、多斯·帕索斯，是福克纳、海明威、芥川龙之介。与上述这一批作家或诗人相比，毛姆作品里的技巧性、创新性的东西几乎见不到，于是留给评论家去"诠释""剖析""解密"的东西便乏善可陈。

没错，在毛姆的作品中，你很难找到战争、屠杀、极权等厚重的主题，他所描绘的更多是一种庸常的生活。他笔下的主人公不用面对"生存还是死亡"这样的抉择，他们要思考的和当下的人们实际上差不多，往往只是生活、工作、爱情和家庭，是谁和谁通奸了，是谁家的下水道堵了。奈保尔也曾是毛姆的粉丝之一，他刚出道时所获得的第一个奖项便是"毛姆文学奖"，但在奈保尔的创作后期，他也承认毛姆的作品不够宏伟，思想不够开阔，没有站在民族和历史的高度，他笔下的人物虽然独树一帜，但缺少普遍性，很难在人的心灵上打下烙印，在技巧和表现手法上也不具有强烈的开创性。奈保尔在这一点上，与他的前辈弗吉尼亚·伍尔夫看法相似。而伍尔夫差不多算是与毛姆同时代作家中"反毛姆"最激烈的，她甚至说过毛姆"有时候像个罪犯"，不过伍尔夫大多数时候还是以客观的文学的角度，对毛姆的作品进行评论的。

至少从表面上看，毛姆对来自同行的攻击不是很在乎，这与毛姆天生阴沉而分裂的人格有一定关系，当那些骂他的作家和评论家正时刻准备着迎接毛姆回击的时候，毛姆脑子里实际上在想着别的，比如他会想他的那些同性恋人，毛姆并没太把他在英国的同行当回事儿。毫无疑问毛姆是英俊的，但同时他也是冷漠的、专横的，一般人很难接近他。多丽丝·莱辛当年才从非洲的罗德西亚（今津巴布韦）到伦敦的时候年龄尚小，经济又十分窘迫，因自己的某篇小说获得了"毛姆文学奖"，莱辛便第一时间拿这笔奖金付了拖欠已久的房租。为表示感谢，当然也是为搭讪一番既多金有名又英俊潇洒的毛姆，她便写了一封言辞恳切又略带几丝崇拜的信向毛姆致谢，毛姆回信中表示：首先，他与"毛姆文学奖"的整个评选无关；其次，他没有读过莱辛的小说，没有什么可对她说的。最后他还刻薄地说了一句："你一定经常写这些讨生活的信感谢别人吧。"有人说这是因为毛姆没有见过年轻靓丽的文艺女青年莱辛，可事实上毛姆对年轻女孩子并不特别在意，他更在意的是年轻漂亮的小伙子。

毛姆之所以算不上伟大的作家可能还有一个因素，那就是他笔下的很多东西实际上或许并不是他真正崇尚或信仰的东西。以毛姆的主要作品为例，《寻欢作乐》中有哈代的影子，《刀锋》里的主人公实际上是维特根斯坦，《人性的枷锁》中的原型是画家洛特雷克，《月亮与六便士》则是以保罗·高更的生平为素材……这些人的身上都多多少少背负着人类的原罪与人性的枷锁。所以当读者知道毛姆的个人现实生活以及他之所思所想与他笔下的小说人物所暗含的思想差之千里的时候，便会觉得毛姆实

毛 姆

际上是在利用他人的苦难，从中获取个人的创作资源，多多少少像个"骗子"。但我以为，如果毛姆是一个骗子的话，那么所有的小说家都是骗子。但毛姆确实是一个很现实的人，或者说他是个一般意义上的"聪明人"，事实上毛姆在某些地方与我们国内的不少作家颇为相像，当然也可以说是我们国内的一些作家与毛姆特别相像。

毛姆固然不觉得自己"伟大"，但他也不认为自己如那些评论家所说的不堪，他说过，"我等待的批评家是这样一个人，他能解释为什么我缺陷这么多，却还拥有这么多的读者"。这在我看来更像是一个作家在和人斗气，毛姆是聪明的，但聪明人都伤在不吃苦上面。毛姆经历过一战和二战，却无法让人感觉到他是一名经战火洗礼过的作家，他对战争的反思有，却并不多。毛姆的许多小说都很尖锐，但尖锐往往是针对别人，人们很少感受到毛姆是在对准他自己的灵魂，因而也就很难从毛姆的小说里读到真实的毛姆。

毛姆依靠写作在20世纪上半叶的作家同行中不仅率先获得了财富自由，而且他还有数十部作品在欧美两个大陆被改编为电影和舞台剧，他是英国皇家文学会的会员、牛津大学的名誉博士，还是英国女王授予的"皇家荣誉侍从"……他出入于名流的社交圈，并以91岁的高龄去世。而与他同时代的那一批作家，有相当一部分终其一生也未能脱贫奔小康，不是一生穷困潦倒，就是其文也辉煌其生也短暂，像卡夫卡、佩索阿，或是像奥威尔。

一战时，毛姆想报名入伍，就给他的高尔夫球友温斯顿·丘吉尔写了一封信，丘吉尔却不置可否。后来毛姆以自己出色的法语，成功当上了一名前方救护车驾驶员。还有一种说法是，他去法国参加一战，是为了躲避因他而怀孕的有夫之妇西里尔。这次卫生员的经历，影响了他的后半生，在一次陪伴伤员的过程中，毛姆完全不能让一个陷入狂躁的伤员安静下来，而这时候一个青年出现了，他是来自大洋彼岸的志愿者，只用几句话就把那个狂躁的伤员给逗乐了，这便是杰拉德·哈克斯顿，一个22岁的美国人，长着一张比年轻时的毛姆还要英俊的脸。毛姆把叶芝的诗歌像情诗一般小心翼翼地誊写到一张带有颜色的格纸上送给杰拉德。杰拉德也成了毛姆之后长达30年的恋人。虽然有了杰拉德，但毛姆在感情上并不专一，对于伦敦社交界魅力十足的内皮尔·阿林顿，毛姆形容他是"美味的尤物"；伦敦社交界的另一位宠儿休·沃尔波尔也是有名的同性恋者，他告诉毛姆的"敌人"弗吉尼亚·伍尔夫，毛姆没被"送进监狱"实在是运气太好了。但到了二战期间，毛姆显然变得更加稳重，他给英国情报部门工作，却一直拒绝领取任何报酬，这一点曾被英国国民广为传颂。

毛姆一生不缺钱，也不缺恋人，他们围绕在毛姆身边，有的是因为金钱，有的则是因为崇拜。这样的人生对于普通人而言也许是终极向往，而对于一个作家而言，无疑是一把双刃剑。幸运的是毛姆不用经受贫穷潦倒的折磨，还可以随时随地要他想要的，做他想做的；而不幸的则是他杜绝了痛苦和绝望，所以你很难想象毛姆会像托尔斯泰那样在 80 多岁的时候离家出走，孤独地死在一座小站上，或者像佩索阿那样一生独自在葡萄牙首都里斯本老城的破旧公寓里意淫。

对于艺术家而言，"不疯魔，不成活"几乎是颠扑不破的真理，而毛姆给人的感觉却是举重若轻，当然亦可认为他是"不疯魔，亦成活"的典范。而真正的文学大师的文学作品必然不能仅仅作为一种阅读消遣和流于常识层面的感官读物，真正的文学作品所带来的必然是一种近乎或完全是仪式感的阅读，在这样的仪式感中，我们才能进入一种极度的深沉和反思，从而净化自身，并获得自我的升华和对文学真实的认知。

毛姆曾经与人探讨过画家埃尔·格列那的同性恋倾向，并分析了同性恋艺术家的特点，毛姆认为，同性恋者有一个鲜明的特点，即对某些正常人重视的东西缺少深层的严肃。他们的态度表现为，从空洞的尖刻言辞到充满讽刺的幽默。毛姆倔强地对大多数人认为微不足道的东西给予重视，同时对人类认为精神福祉不可或缺的普通观点加以讽刺。"他的创造能量不足，但对讨人喜欢的粉饰有极好的天赋……"正是这些话让我明白了毛姆，面对一名作家，我们不能因为他没有宏大叙事的作品、笔下关注"微不足道"的人情世态，就理所当然地认定其作品不足论；也不能因为一个作家于创作上缺少形式创新，也没能建立起自己的理论支撑，便怀疑其作品的经典性。但毛姆究竟算不算文学大师呢？我以为至少目前不算，但有朝一日会不会算，我说不好，因为在对作家的价值评判与对文学的认定标准方面，当下已经如此混乱，谁又能说得清以后呢！

　　生前，毛姆曾认为自己"四分之三是正常的，四分之一是同性恋"。但实际情况很可能应该倒过来。但谁也无法否认毛姆是成功的，而且相当成功。至少他诠释了另一种真理存在的可靠性，那便是对于一个优秀的作家或艺术家而言，不疯魔，也未必就不能成活。或许更值得我们探讨的，是对"疯魔"一词该如何理解。

从张扬到隐匿　从凯鲁亚克到卡佛

凯鲁亚克与普鲁斯特

　　纽约长岛北岸的诺斯波特是一个安静的港口小镇，历史上这里曾是装卸金枪鱼、沙丁鱼等北大西洋渔货的码头。与位于纽约西区的格林威治村截然不同的是，这里人口不多，除却渔民和少量渔货商，你几乎觅不到作家或艺术家的踪迹，更不消说他们中会有谁来此定居。但在1958年的5月，这一情况无疑发生了变化，小镇上一些习惯于起早的人发现，他们的镇上多出来一个陌生人。这个陌生人总是在早上6点左右固定出现在小镇人的视线里。但显然，这个陌生人望向小镇居民的目光不太友好，经常是阴郁的、浑浊的、满不在乎的，有时，甚至还会带有那么一点点的轻蔑。没错，是轻蔑。小镇上的人们不知道，其实陌生人这种目光并不止于投向他们，这是这个陌生人面对外部世界时所惯常使用的一种方式。好在，人们很快便原谅了他，因为，陌生人看上去颇像是一个落魄的酒鬼。他多数时候光着脚，偶尔会穿鞋，但只是趿拉着，脚后跟经常露在外面，而他的一只手则拽着一个老年人惯常使用的拉货物的小车子，很像是如今城市里使用老年卡免费挤公交的那些人手里拉着的那种车子。眼尖的人会瞧见小车子上的布兜中有一个或数个雷鸟酒瓶瓶嘴儿冒出来。可是，没有人知道这个落魄的酒鬼是谁，因为除了目光，他从不跟小镇上的人有任何实质性交流，直到有一天，有记者从纽约城区以及芝加哥、波士顿、费城、洛杉矶那些大地方蜂拥而至，诺斯波特小镇上的人们才晓得，原来，这个每天早上醉醺醺地映入他们眼帘的男人就是《在路上》的作者——杰克·凯鲁亚克。

《在路上》——没错，在来到诺斯波特小镇定居之前，凯鲁亚克的生活包括他的写作如果用几个字就足以概括的话，那便是"在路上"。在长达十几年甚至更久的时光里，凯鲁亚克似乎都没有在某个地方安稳下来的打算，不仅没有定居的打算，他甚至很少有在一个地方停留超过一星期的时候。他时而与朋友们一起，时而选择单独出行；时而自己驾车，时而只是漫不经心地在路上随意搭车，从墨西哥到新墨西哥，从得克萨斯到亚利桑那，高耸的墨西哥高原与广袤的美国西部，许多著名地标都曾留下过他的足迹。然而，甬管他走到哪里，都是蜻蜓点水，似乎没有什么地方值得他停下脚步，就像《在路上》中的主人公狄恩·莫里亚蒂一样，不管是美酒、女人甚或是毒品，都不能让他长久驻足。这种飘忽不定的生活一直延续到1957年。没错，是1957年，对凯鲁亚克以及"垮掉的一代"而言，1957年无疑是一个极为重要的年份，在这一年，凯鲁亚克的《在路上》出版了，旋即引起巨大轰动，与艾伦·金斯伯格于1956年出版的《嚎叫》一同成为"垮掉的一代"贡献给这个世界的不朽文学经典。也是在这一年，凯鲁亚克与"垮掉的一代"中的另一员大将——以《裸体午餐》《瘾君子》驰名文坛的威廉·巴勒斯闹僵，以至二人就此绝交。这件事情的起因还是在于凯鲁亚克习以为常的张扬。没错，是张扬。

对金钱，凯鲁亚克在1957年之前给人的感觉是根本不放在眼里，那多半是因为在很长的一段时间内，他老人家几乎就没有赚到过像样的钱。但1957年的凯鲁亚克不同了，他几乎是在一夜之间便完成了由一个穷光蛋到富翁的改变。凯鲁亚克告诉威廉·巴勒斯说，他的《在路上》又卖出了多少种版权，有多少制片人正排着队等着他接见好磋商改编事宜，就连英国、加拿大和澳大利亚的出版商都在像苍蝇一样围追堵截着他……当然啦，"钱"是所有这一切当中的关键词。而在1957年之前的很长一段时间里，只要凯鲁亚克东游西逛累了，暂时厌倦了"在路上"的生活，他经常就会选择住到巴勒斯的家里去，从没付过一分钱伙食费更不要说房租；而到了1957年《在路上》出版后，凯鲁亚克依旧跟没事儿人似的睡在巴勒斯家的床上，饿了就去翻巴勒斯的冰箱，渴了就去喝巴勒斯的藏酒，一边说自己又赚了多少多少

凯鲁亚克

钱,一边心安理得地一毛不拔。就算威廉·巴勒斯脾气比较好吧（至少比凯鲁亚克要"佛系"一些），这种事儿也实在说不过去,巴勒斯没法不跟凯鲁亚克翻脸,哪怕凯鲁亚克能少跟巴勒斯谈几回自己又赚了多少多少钱,哪怕凯鲁亚克能再低调那么一点点,结果也不至于如此吧！

说起来,凯鲁亚克的张扬该算是与生俱来的,因父亲是法裔加拿大人,凯鲁亚克5岁前只会说法语,过了10岁才能用英语与人正常交流。大约就是从那时候起,凯鲁亚克便开始惯于成为身边人的中心,这与他学习成绩一直比较好固然有关系,和他踢足球的天赋似乎关系更大。因为踢足球这一专长,凯鲁亚克还拿到了哥伦比亚大学的奖学金。在绿茵场上,凯鲁亚克习惯大声呼喊,有时甚至是咆哮,他张扬的个性尤其在他把球踢进对方球门的一刹那展露得一览无余。如果不是后来腿受了伤,搞不好凯鲁亚克能一直踢进美国队。大学期间他认识了后来成为"垮掉的一代"领军人物的艾伦·金斯伯格、威廉·巴勒斯、尼尔·卡萨迪等人,显然是受他们影响,原本学业优异的凯鲁亚克选择辍学,之后在货船上短暂打工。1943年2月,他进入美国海军部直属营,常逃避训练躲到图书馆里偷看小说,长官问他为何要这么做,他给人家滔滔不绝地讲法国文学如何如何伟大,于是被军方果断送进精神病院并将其除名,责令退役。

从某种意义上说,我觉得凯鲁亚克等作家在自己的作品外所表现出来的张扬个性（这一点可参照菲茨杰拉德、海明威、诺曼·梅勒、杜鲁门·卡波蒂等美国作家）,差不多可以算是现代美国作家与欧洲作家的一种明显分野。但凯鲁亚克们与海明威等其他美国作家也有明显不同，在凯鲁亚克们出现前，美国作家基本上还是奉欧洲传统文学为圭臬的，欧洲文学所追求的精致与雍容，包括作品所标配的经典标签，同样是美国作家承袭与追寻的目标。可凯鲁亚克们的作品却普遍不贪恋过去，也不幻想将来，只实实在在地体味当下的每一个瞬间，比前辈作家或欧洲同行更不拘泥于体裁限制，让自己的个性自由发挥，但同时也带来了作品的语言不够精致、结构相对粗糙甚至某种反经典性。就比如《在路上》，不管凯鲁亚克是不是拿一台破打字机只用了三个星期就打出来的，其与传统文学所认同的"经典样式"显然有很大距离。但凯鲁亚克就是这样，如同他投向诺斯波特人的目光，完全是不包装和不遮掩的，爱不爱看是别人的事儿，与他自己没半毛钱关系。仅就这一点而言，别说他不像普鲁斯特，他几乎不像任何一位与他有民族血缘的法国作家。虽然我认为他与写《茫茫黑夜漫游》的塞利纳似乎有那么一点点的相像，但凯鲁亚克却多次强调，能够令他心悦诚服的作家只有普鲁斯特。很多人对此感到不解，因为二者之间实在是太不相像了。但在我看来，凯鲁亚克这样说一定是这样认为的，他与普鲁斯特实际上都是在用小说这种方式追忆自己的过往，区别仅仅在于一个是"在路上"，一个是"在床上"。

　　我不相信凯鲁亚克通读过《追忆似水年华》，但在诺斯波特小镇，凯鲁亚克却对来访的记者如此说道："我的作品构成了一部宏大书籍，就像普鲁斯特的《追忆似水年华》，只不过我的追忆写于奔波的路上而非病床上。"凯鲁亚克说这话的时候，他的整个身体都歪在一张破沙发上，给人感觉他是一个歪倒着的病人，看上去还远不如被诸多疾病缠身的普鲁斯特健康。

艾伦·金斯伯格曾在自己的一篇文章里引述过凯鲁亚克自诩"奔跑着的普鲁斯特"之语。没错，相比于普鲁斯特，凯鲁亚克是不断奔跑着的，他最不缺的似乎就是作家创作所必需的"生活"。而普鲁斯特呢？从他的传记里我们似乎很少看到他的世俗交往，仿佛整日整夜都耽溺在床上写作而无法自拔。事实上，一个作家选择什么样的生活状态与写作方式，经常是连他自己都无法决定的。如果说凯鲁亚克的写作是听从自己的直觉，不断放大自己的想象，纵容自己欲望的话，那么普鲁斯特的写作则无疑是博闻强识与思想拓荒的结晶，相较于前者，普鲁斯特更多依赖于阅读与思考、经验与直观。

1898 年 6 月的一个雨夜，位于巴黎市中心旺多姆广场的丽兹酒店开业，吸引了全巴黎的时尚男女前来捧场。而在人群的角落里，有一个 27 岁略显病态的瘦削青年，他就是马塞尔·普鲁斯特。在之后的日子里，他成了这家酒店的常客。在普鲁斯特尚属健康的那些年，他喜欢夜半与人在丽兹酒店约会，即使吃饭也要穿着大衣，戴着围巾，留下的小费常常比账单上的金额还要多。他母亲是犹太人，他却不喜欢此事被提起，一旦有人谈到犹太人他就会赶忙岔开话题。

普鲁斯特的隐匿多半是不得已，他偏内向的性格不是主因，

普鲁斯特

主因是疾病。如果不是疾病，很难说年轻时爱慕虚荣的普鲁斯特会不会把后来的大把时间都用在写作上。

普鲁斯特的隐匿之所在巴黎车水马龙的豪斯曼林荫大道。母亲去世后，他无法忍受在双亲亡故的房子里继续住下去，遂搬到叔父名下的这套公寓。他设法将房间改造成一只"茧"，用百叶窗、双窗格窗以及严实的蓝绸窗帘，摒绝所有的声音、光线和污染物。普鲁斯特只允许仆人在他外出时开窗。为了确保更纯粹的孤独，他甚至连电话也撤掉了。在这个密封的空间里，没有一丝光线的游离，也没有任何声音会去打扰这位在白日入眠的作家。这样还不够，1910 年，他将卧室墙壁和天花板都贴上了软木板，以求隔绝得更彻底。普鲁斯特的大部分时间都是在床上度过的，床是他的书案兼办公桌，床也是替他抵挡窗外残酷世界最有力的武器。

普鲁斯特的写作生涯其实一点儿都不顺。1913 年 3 月，在遭到多次退稿后，他把书稿交给格拉塞出版社自费出版。5 月，自己校对校样时将书名改成《追忆似水年华》，与此同时，他将其中两卷分别命名为《去斯万家那边》和《盖尔芒特家那边》。

有一天，普鲁斯特在睡衣外罩上皮衣，于午夜时分来到街上。为了落实小说中的细节，他冒着感冒风险，在巴黎圣母院圣安娜大门前伫立了整整两个小时。据说这是他在那些年里难得的甚至是唯一的一次出现在巴黎大街上。

1969 年凯鲁亚克死去的时候，他的名字已经变成商标，而且是各种各样的商标，有"凯鲁亚克夹克衫"，有"凯鲁亚克烟斗"，这个名字甚至比他生前还要张扬。

而普鲁斯特呢？他后来为了写作，只能靠咖啡因和药物维持精神，除了一点羊角面包几乎不再进食，形销骨立到只有 90 斤。然而在作品中，他却总能激情四溢，任性而灵魂不羁，面对文字，普鲁斯特有着国王般的骄傲。

凯鲁亚克比不上普鲁斯特虽然是普遍认知，但多少包含着一点儿先入为主的意味。就像两样不搭界的物件，总有一件看上去更精美、有用，但也无妨有人更喜欢另一件。据说好的作家只有两种，不是"在路上"就是"在床上"。对作家而言，最好的状态是身体的行走、充沛的阅读、思想的漫游兼而有之。要么就选择像凯鲁亚克，"永远年轻，永远热泪盈眶"，永远享受在路上的拉风与冲动；要么就学习普鲁斯特，远离所有喧嚣与热闹，手不释卷，笔不停耕。换句话说，要么思考，要么上路，作为作家，你总得有一样。

诺曼·梅勒与塞林格

1960 年 8 月的纽约，巡逻警察于街边发现了一位鲜血淋淋的女人。经询问，确定这个女人是著名作家诺曼·梅勒的第二任妻子阿黛尔。调查中，阿黛尔表示自己受伤不过是次意外，但之后事实证明，她是遭受了诺曼·梅勒的家暴。陷入醉醺醺狂暴状态下的梅勒用一把刀子刺伤了她的心包膜，只差不到一厘米就要了阿黛尔的命。

我阅读诺曼·梅勒差不多与我喜欢读书的时间一样早，那时刚刚改革开放不久，著名的"20世纪外国文学丛书"首批作品中就包含了诺曼·梅勒的《裸者与死者》。难以置信40多万字的篇幅出自一个25岁的青年之手。之后又读到了《刽子手之歌》——一部写实又阴冷的作品。实际上，这部被称为"《愤怒的葡萄》后最深刻挖掘民族文化之作"，与《裸者与死者》共同奠定了梅勒崇高的文学地位。

　　梅勒更像是一头张扬的狮子，于招摇过市中搜寻猎物，因而他与同时代的多位作家起过冲突。因为同为"纪实写法"作家，他极力贬低杜鲁门·卡波特的才华，用头撞击并用拳揍过戈尔·维达尔；他曾给《苏菲的选择》的作者威廉·斯泰隆写下战书，要把后者"打出屎来"，好在后来二人在法国总统密特朗的调解下尽释前嫌。而最著名的是诺曼·梅勒评价塞林格的那句话："他的心智，是迄今为止我所见过最了不起的——就中学水平而言。"梅勒最终没能跟塞林格打上一架，说实话不是他不想打，而是因为塞林格成名后便把自己隐匿了起来，梅勒是有劲儿也使不上。

　　这样还不算。梅勒曾两次竞选纽约市市长，竞选纲领是让纽约市独立为美国的第51个州，以及安排纽约监狱里的囚犯到纽约中央公园进行决斗；他合法地拥有过六位配偶，最短的婚姻只维持了一天；他与女权主义者在市政厅展开过论战；1968年与他人一起组织并参与了在美国五角大楼举行的著名反越战游行，并被捕入狱；1984年竞选担任国际笔会美国中心主席……当他

Norman Mailer.

诺曼·梅勒

的长篇小说《林中城堡》因把希特勒描写为恶魔附身的少年而被德国和犹太人质疑时，他立即召开记者会表示"如果没办法激怒大多数人，当作家又有什么意思呢"。当有人诟病他偏通俗的写作手法时，他同样第一时间就召开记者会，说什么"这些读者太蠢了，以为我不能写简短的句子，那我接下来就写一部风格简洁的作品给他们看看"。搞得连海明威也看不下去了，给梅勒写信，让他"别太激动"，不要去管那些评论。他还因为自己的宠物犬在街头受到辱骂而和纽约街头流氓大打出手，之后又主动联系记者采访……梅勒就是如此高调，常常行动先于思考，而且从不在乎别人招惹他，他最怕的反倒是没人搭理他。

1941 年日军偷袭珍珠港，身在哈佛大学的梅勒才 18 岁，他虽然学的是理科，却喜欢海明威和德国作家托马斯·曼，并立志一定要成为像他们一样的大师。珍珠港遭袭还不到两天，梅勒的脑海里就已经在构思以本次大战为背景写一部小说了。为此，他主动要求参军，他很可能是二战中唯一一位因要写战争题材小说而报名参军，并于战后取得巨大成功的作家。

为全面体验生活，梅勒当过勤务兵、架线兵、炊事兵、宣传兵以及侦察兵，给他的创作造成重要影响的是他侦察兵的经历，《裸者与死者》便是这段艰苦残酷经历的副产品。停战后两年，他就完成了这部奠定自己文学地位的重要作品，不得不说，对于一个 25 岁的小说家而言，诺曼·梅勒成熟得令人惊讶。

与塞林格相比，诺曼·梅勒未免过于张扬（这也难怪他不喜欢大卫·塞林格）。梅勒出过一本书，听名字就知道是推销自己的，叫《为自己做广告》。他两次获得普利策奖，执导和出演过三部电影，一生接受过 700 多次正式采访，非正式采访则不可计数，4 次被逮捕入狱，因刺伤阿黛尔而在精神病院被关押 17 天。他晚年的作品《古代的夜晚》大获成功，当这部以浓墨重彩笔法去描摹 3000 年前古埃及故事的长篇小说问世后，欧美主流文坛竟没有丝毫负面的评论，这反倒令梅勒一时间"不知所措"。要知道，梅勒一生似乎都在寻找对手，不管是文学中的，生活中的，还是假想中的，但他的作品却随着年龄的增加越写越出色，不只是《古代的夜晚》，还有《鹿苑》《夜幕下的大军》等。

而作为同时期的重要作家，同样面对质疑和诟病，杰罗姆·大卫·塞林格则完全不在乎。塞林格生前对来自诺曼·梅勒的"攻击"没有任何回应见诸媒体，但在塞林格死后，他的儿子却代他对此进行了回应。

塞林格的儿子马特·塞林格如此说道："我父亲不愿意像 20 世纪 50 年代纽约文学圈的宠儿诺曼·梅勒等人一样穿行于各种鸡尾酒会，也拒绝当时过分看重名人效应的浮夸社会。""我相信其实他（大卫·塞林格）对出名这件事只享受了一天，就完全看透了出名这件事的本质。""他的这种拒绝在很多人看来，简直是当面甩了一个巴掌。正是因为媒体、作家们感觉被我父亲拒绝了，他们才尽力地用各种方式去批评我父亲的选择。"

显然，马特·塞林格所说的被拒绝的作家里面，就包括诺曼·梅勒。塞林格从不会因为评论家、媒体以及读者质疑便动不动召开记者会。塞林格大多数小说的写法都是：完全不交代与故事有关的背景，掐头去尾地就保留事件发生的一个片段，通过人物的对话来结构整个故事。他几乎所有的短篇小说都充满了大段大段的对话，这些对话常常不着边际，它们就像你在路上偶尔听到的路人对话那样真实又模糊，生动又模棱两可。这样的写法最初在读者和评论家那里是不讨好的，但塞林格对各种不同声音从不回复，仿佛这些文字与他无关，他不仅隐匿身体，更隐匿自己的思想。

塞林格的隐匿我个人以为应还有另外一层原因。与梅勒不同，塞林格在欧洲战场，美军伤亡率远高于亚洲战场。二战中，塞林格所属部队死亡率高达 200%，也就是说，替换来的士兵也常很快就阵亡，没人说得清他是怎么活下来的。这时候，幸存者要承担常人无法想象的心理压力，而绝不只是对死亡的恐惧。塞林格在前线时的解决办法便是自我隔离，对一切置若罔闻，假装自己并不在场，将自己隐匿起来。他曾在信中说，他能记住诺曼底登陆之后发生的事，却无法回忆起当时那种恐慌感。

帮助塞林格活下来的，是写作。但在《麦田里的守望者》成功后，按照他女儿书里的说法，从《麦田里的守望者》第三版开始，封面上的作者照片便被塞林格强行撤下，他开始显出隐匿世外的迹象。不久，他便买了一块约 36 万平方米带小山的土地，隐居到新罕布什尔州乡间。他住在山顶的一间小屋里，四周都是树木，竖着高大的铁丝网，网上装着警报器。他的书房，是一间只有一扇天窗的水泥斗室，每天早上 8 点他就带着盒饭入内写作，直到下午 5 点半才出来，家里任何人都不得打扰他。人们想拜访他，也要事先递送信件，陌生人被他拒之门外更是常事。不写作的时候，他就沉思冥想，读《圣人罗摩那教义》《道德经》和各种医学大典，吃各种维生素，还喝自己的尿。他还坐在一种他所谓的"生命箱"里面沐浴"生命力"。他特别喜欢老子，只是不清楚有没有炼丹。为了达到超凡脱俗的目的，塞林格无所不用其极。从他享年 91 岁这一点来看，他的各种养生之道似乎不无成效；但在我看来，恰恰是他在文坛的低调不张扬，后又主动隐匿于文坛之外的选择，使他精神上变得超拔。

塞林格身体力行了他笔下《麦田里的守望者》主人公霍尔顿的梦想，"用自己挣的钱盖个小屋，在里面度完余生"，不再"和任何人进行该死的愚蠢交谈"。

诺曼·梅勒很长时间里都被视为美国文坛的领袖，但他自己不以为意，因为他认为自己是与托尔斯泰和陀思妥耶夫斯基比肩的人物。梅勒没能拿到诺贝尔文学奖有多重原因，他的张扬也是其中之一。因为他的放荡不羁、酗酒成性、不断离婚、生子无数、与政界纠缠不清等，都令偏传统的北欧评委们十分不悦。而塞林格的隐匿在我看来则成全了他自己，因为他的性格并不适宜后来消费主义盛行的社会，而他的创作既不算多产，作品也缺少故事性，能够在自己短暂的辉煌时刻选择"退出"并隐匿，然后不受干扰、心无旁骛地去写自己喜欢写的、去做自己喜欢做的，何尝不是另一种人生圆满。

菲茨杰拉德与雷蒙德·卡佛

我承认,在 20 世纪文学史上,很难找得出哪个作家比弗朗西斯·斯科特·基·菲茨杰拉德更容易被人标签化。事实上如同他在美国文坛的命运一样,菲茨杰拉德是改革开放后最先被介绍到中国的外国著名作家之一,是"20 世纪外国文学丛书"中比较早被推介的,却始终不温不火。一直到村上春树成为中国小资读者竞相追捧的对象,被村上君所崇拜的菲茨杰拉德以及雷蒙德·卡佛二人遂亦进入公众视野,而 2013 年上映的大片《了不起的盖茨比》无疑令菲茨杰拉德大火了一把,同名书籍也出现多种版本,还有各类盗版。

即便如此,菲茨杰拉德的形象在许多人的印象里依然不算多么清晰,要么属于美国的"青春作家",要么就是偏通俗的那种作家,这当然与他笔下多是财富耀眼的年轻人、风情万种的时髦女郎和梦幻般的爱情有关。没错,他的确是其自身所属的那个爵士时代、那个挥金如土时代、那个充满嘲讽时代的文学代表。连他自己都说:"有时我不知道姗尔达和我到底是真人,还是我的一部小说里的人物。"是啊,他笔下的纵酒享乐与他实际生活中的状态简直如出一辙。那时候,他带着妻子姗尔达出入于纽约各类纸醉金迷的场所。二人高调拥吻,并且还曾经多次一起趴在地上学狗叫,一起从高达 35 英尺的悬崖跳进大海,高调张扬到无以复加。就目前能够找到的记载,菲茨杰拉德曾多次一个人跳进纽约广场酒店的喷泉里,曾坐在飞驰着的曼哈顿出租车的引擎盖上,曾习惯用燃着的 5 美元纸币去点他嘴上叼的香烟……如此做派，也难怪不少人要先入为主地认定他的文字不够"严肃"。

可是，2017年，美国当代文学教授安妮·玛格丽特·丹尼尔编辑整理了一本菲茨杰拉德从未公开的短篇小说集《我愿为你而死》，随后小说集很快被译介到中国。该书一经出版便打破了读者对菲茨杰拉德简单粗暴的刻板认知。

18篇雪藏多年的遗作中，藏着一个世人不曾了解的菲茨杰拉德。这是张扬背后的菲茨杰拉德，这是狂欢、嘘声与浮华背后的菲茨杰拉德，这是住在汽车旅馆里，喝着罐头汤，自己在水槽里洗衣服的那个菲茨杰拉德。这些作品令人无法与《了不起的盖茨比》《人间天堂》《夜色温柔》联系起来，菲茨杰拉德的笔触伸向了大量有争议的主题，婚内出轨、明星吸毒、青少年性行为，等等。这些话题在20世纪30年代被忌讳，却又是当下避不开的话题。想当年，人们只乐于接受一个高调张扬的菲茨杰拉德，却有意无意忽略掉了他的严肃与深刻。

对菲茨杰拉德的误读，与他英俊的外貌也有关系。在普林斯顿大学，他曾被认为是全校最帅的男生。海明威曾如此形容菲茨杰拉德："一张嘴唇很长、带着爱尔兰人风度的纤巧的嘴，如果长在姑娘脸上，会是一张美人的嘴。他的下巴造型很好，耳朵长得很好看，一只漂亮的鼻子，几乎可以说很美，没有什么疤痕。这一切加起来原不会成为一张漂亮的脸，但是那漂亮却来自色调，来自那非常悦目的金发和那张嘴。"菲茨杰拉德对海明威有知遇之恩，甚至亲自帮海明威修改《太阳照常升起》，但海明威对前者却不算厚道。不全是海明威忘恩负义，而是他实在看不上菲茨杰拉德对女人言听计从的样子。而海明威所说的女人显然是指菲茨杰拉德的妻子姗尔达。姗尔达更不喜欢海明威，她对记者说：“那个人除了斗牛和说废话之外，就再没别的本事了。”

菲茨杰拉德的最后十年被普遍认为是失败的十年，而实际上菲茨杰拉德已经转变，他已经开始写成熟的、严肃的现实主义题材作品。村上春树说：“如果不是看了菲茨杰拉德，就不会有现在的我，写出来的书也会是另外一个样子。”雷蒙德·卡佛还有卡森·麦卡勒斯都把菲茨杰拉德作为自己的前辈和偶像。菲茨杰拉德后期的那些曾被人诟病的“不幸”，包括进军好莱坞写剧本、周旋于精神病院以及企图自杀的经历，成就了他最好的作品。菲茨杰拉德在张扬的表象下，实则为人温厚天真，对自己的朋友热情，对自己爱的女人忠诚，同时也相对优柔寡断，他生前的书都是由一家出版社出版的，这些也是他和昔日的哥们儿海明威的明显区别。曾经有人问起菲茨杰拉德对海明威的看法，他说：“我帮助过他，但他只乐意帮助那些地位比他高的人。”

菲茨杰拉德生前曾多次给自己写“自传”，总是会写上“20岁喝得烂醉，30岁拖垮身体，40岁上西天”这几句话，果不其然，他死于44岁。他的葬礼惨淡，来的人很少，唯一一个前来送他的作家是以《蝗虫之日》成名的著名作家纳撒尼尔·韦斯特，但韦斯特却在奔丧的途中遭遇车祸身亡。不会有人把那个简单到极致的葬礼与曾经风光无限的菲茨杰拉德联系到一起，但事物往往如此，张扬与落寞，貌似天涯之远，实则咫尺之间。

在菲茨杰拉德去世33年后，也就是1973年的8月30日这一天，住在爱荷华“作家工作坊”三楼的著名作家约翰·契弗敲响了自己楼下 204 室的房门。那是一个傍晚，刚刚获得"作家工作坊"教职的雷蒙德·卡佛正待在自己的房间里喝酒，那个和蔼可亲的小个子男人不经回答便推门而入。契弗穿着花呢夹克和一双懒汉鞋，端着一个空玻璃杯。他对站起来的卡佛说道："对不起，我是约翰·契弗，能借点儿威士忌吗？"卡佛简直惊掉了下巴。"不，不，非常抱歉，我没有威士忌，"卡佛说，"您，您愿意来点伏特加吗？"卡佛在那一刻的确激动得有些语无伦次，因为他无法相信眼前这个人就是大作家约翰·契弗。

《当我们被生活淹没》是雷蒙德·卡佛传记，作者卡萝尔·斯可莱尼卡选了这样一个时间作为卡佛写作的起点：1976 年 3 月，这时卡佛的第一部短篇小说集《请你安静些，好吗？》刚刚出版，自己却破产，被告上法庭，要面对牢狱之灾。这的确是对卡佛一生的隐喻。但这本传记对我影响最大的不是里面的内容，而是所收录的卡佛照片。

我一直都很喜欢卡佛的这张脸。没错，我在许多文章里都说到卡佛这张脸对我视觉形成的某种冲击力。是的，这是一张工人阶级的生猛的脸，毫无修饰，原生态到令人感动，仿佛透过这张脸便可以嗅到生铁的腥气。怎么说呢，我从这张脸上看到了坚韧与隐忍，这张脸与张扬和高调没有半毛钱关系。

事实上卡佛从来都不张扬，他也不敢张扬，因为他一生都不认为自己有张扬的资本。卡佛是隐匿的，如果可能，他甚至不想出现在大学的讲台上，只要有人能供他安静地写作。他的学生在回忆老师的文章里写道："卡佛对我们总是在鼓励，而把剔苗的工作留给了上帝。"

这不是卡佛不负责任，是因为他明白，对于很多来自底层的人而言，生活远比想象的要艰难，现实世界就像是一堵金属质地的顶天立地的墙，竖在那里，你永远都不可能战胜现实的寒冷，而这时候，鼓励是送给一个人最温暖的礼物。

　　卡佛18岁就像他父亲一样到离家不远的锯木厂工作，第二年就结了婚，20岁就拥有了自己的四口之家，卡佛说："对我生活和写作造成最大影响的，是我的两个孩子，他们出生后的十九年里，我的生活中没有任何一个角落没有受到他们繁重而有害的负面影响。"卡佛曾多年四处流浪，以打工为生，对美国底层社会他有最切实的感受与认知。当然，在卡佛人生的后十年中，他的生活发生了变化。写作终于给他带来了经济上的助益，也令他开始戒酒并且重新组织自己的生活，看上去一切都很美好，但是卡佛还是坚持少参加文学活动，不主动联系记者，他愿意被更多人所接受，但害怕抛头露面。

　　20世纪60年代，卡佛曾去一家编辑部应聘，应聘官对他的印象是"总是妥协却又总是保留希望的人"。这说明卡佛早已被生活磨平了棱角，他为人谦和，不喝酒的时候经常会因为别人在看他而莫名地脸红。

　　卡佛的学生戴安娜·史密斯曾说："有那么一批没本事的男人，这些男人认为我们的职责就是养活有朝一日将会变成那种伟大艺术家的他们。玛丽安具有他们所希望的素质。我们大都做着没有前途的工作，但她是个榜样，因为她能保有一份职业，另外在晚上做女招待。"不能说卡佛是一个没本事的男人，但如果说

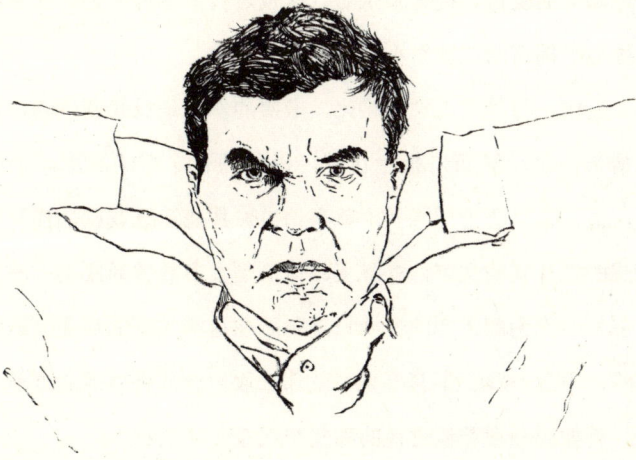

卡　佛

卡佛能够在艰难的岁月里始终没有放弃写作值得赞扬，那么他曾经的妻子玛丽安绝对功不可没。

而在村上春树看来，张扬的菲茨杰拉德与隐匿的卡佛的世界组合起来，便写尽了这世间的大多数人：他们生命中巨大的空白、错位和荒芜；他们压抑在内心的焦虑、无趣和颓丧；他们在命运面前的反抗、绝望和执着。这也是村上春树尤为喜欢菲茨杰拉德与卡佛这两位截然不同的作家的缘故。

没错，与菲茨杰拉德相比，卡佛的作品是反戏剧性的，他拒绝情节，拒绝转折，拒绝包袱，拒绝巧合，拒绝高潮，拒绝技巧，他仿佛只会平铺直叙、就事论事。那些缺乏戏剧性描写的白描式的切片状的文字，实际上却恰恰是大多数普通底层人的生活状态。而作为叙述者的卡佛只是隐匿在这些文字的后面，他不声不响，不急不躁，不悲不喜，就那么偷偷地注视着欲走近他的读者，就如同注视着他过往的那些个艰难乏味的日子。

20世纪80年代，所谓的"极简主义"成为雷蒙德·卡佛的代名词，卡佛遂成为享誉世界的作家，成为追求简洁风格的海明威的继承者。正当卡佛摆脱了债务和破产危机，开始专事写作的时候，他又被自己身体的病痛击倒了。这就是卡佛，实际上也是像卡佛这一类命运的作家之共同写照，他们来到这个世界上的使命其实只有一样，那便是写作，踏实地写作，隐匿地写作，张扬与享乐都不属于他们，而曾经的艰难困苦从某种意义上来说，却是这个世界所能给他们完成写作这项工作的唯一礼物。

跟文学奖"叫板"

　　好像一直都有许多人不希望鲍勃·迪伦去斯德哥尔摩领奖，理由五花八门，至少不去领奖这件事儿本身听起来就特别好玩儿，而且让评委会那帮老儿热脸去贴了别人的冷屁股，无疑是一件颇为过瘾的事儿。不过，细究起来，较为一致的理由还是有的，我以为一则是出于对诺贝尔文学奖这些年来价值评判体系的失望，二则是由于我们周遭的各种文学奖在评选过程里所呈现出的种种乱象，衍生而来的对文学奖本能的不信任甚至憎恶感。没错，当文学评奖由零星变得蔚为壮观，由冷寂变得热闹非凡，世俗因素不可避免地介入其间，让那些误以为此乃一片圣洁之地的人由不解而失望再到愤愤不平，而实际上，有人群的地方就有矛盾，有评判的地方必有是非，文学奖的评委们也是人啊！

而人们之所以会把拒绝领奖的希望寄托在鲍勃·迪伦的身上，首先是因了鲍勃·迪伦的身份，作为一位欧美艺术界出了名的"坏孩子"，他的获奖原本就让偏执于传统文学认知的人们"很受伤"；其次是因为鲍勃·迪伦在获金球奖的时候就曾经表达过拒绝的态度，虽然最终他还是接受了金球奖。所以倘使鲍勃·迪伦拒绝领取诺贝尔文学奖，大约不会让人们感到吃惊。

　　对文学奖说不，可不是每一位作家都能够轻易做到的。难的倒不是那些成天都在骂文学奖这样不公正那样太黑暗的人，因为他们多半是些一辈子也难有获奖机会的人。难的是那些有机会获得却还未获文学奖的人，表面上他们拒绝的是某个奖项，实则是在拒绝不同文学圈子里的主导者与权威者，甚至是整个文坛。

　　托马斯·伯恩哈德便是这样一位敢于拒绝接受文学奖的作家。

　　伯恩哈德是奥地利著名作家，这家伙同时也是德语文坛的著名作家。伯恩哈德有一本著名的书就叫《我的文学奖》，书中细述了他从多年以前获得过各种文学奖，到后来拒绝接受和领取各种文学奖的心路历程。对托马斯·伯恩哈德而言，进入所谓主流作家的行列便是同流合污。他说文学奖"无疑是主流招安异类的工具"，"一个真正的作家不能忍受这种侮辱"。伯恩哈德甚至在他的著名小说《维特根斯坦的侄子》里如此写道："给一个人颁发文学奖，无异于往他的脸上撒尿。"

　　托马斯·伯恩哈德不是头一个高调宣布拒绝接受文学奖的作家，他显然也不会是最后一个这样的作家。伯恩哈德所拒绝的文学奖差不多都是来自所谓主流文学领域的，这让人不由得想起他的同胞——著名德语女作家艾尔弗雷德·耶利内克。2004年，耶利内克获得了诺贝尔文学奖，同时也成为奥地利有史以来第一位获得诺贝尔文学奖的作家。然而，耶利内克却说，在得知自己获得如此崇高的奖项后，她感觉到的"不是高兴，而是绝望"。她还说，自己从来就没有想过能够获得诺贝尔文学奖，或许这一奖项是应该颁发给另外一位奥地利作家——彼杰尔·汉德克的。耶利内克并不认为自己获得的诺贝尔奖是"奥地利的花环"，她与奥地利所谓主流文坛仍然保持着距离。她也表示，不会因获得诺贝尔文学奖而举行任何的庆祝活动。同时，耶利内克还在维也纳召开了记者发布会，正式宣布自己将不去斯德哥尔摩领取诺贝尔文学奖，她要说的话其实很简短，主要的就是那么一句："我不会去斯德哥尔摩接受该项大奖。"于是她也成为诺贝尔文学奖历史上第三位拒绝领奖的作家。

由此人们自然也便想到了前一位拒绝接受诺贝尔文学奖的作家让-保罗·萨特。1964年，这位具有奇思异想的法国作家、哲学家在得知自己获得诺贝尔文学奖的消息后，在没有任何外界压力的情况下，即刻向全世界发表了一个声明，拒绝接受此项桂冠。他的理由也很简单——谢绝一切来自官方的荣誉。他认为自己取得的成绩早已经"随风而去"，只有"未来还在吸引着他"。

萨特觉得，诺贝尔文学奖丰厚的奖金对他而言是一种束缚，同时他也表示不愿意被"机构化"。在萨特拒绝领奖的声明中，有一段话至今读上去都令人颇为费解，因为他提到了1958

年"拒绝领奖"的苏联作家帕斯捷尔纳克，他没有对帕斯捷尔纳克的"拒绝"接受诺奖表示尊敬或同情，因为萨特认为把文学奖颁给一部在国内禁止而在国外发行的作品，是一种非正常的行为，而这种行为无疑与文学无关。他同时对《静静的顿河》的作者——苏联作家肖洛霍夫未能获诺贝尔文学奖感到遗憾。

萨特的做法虽然比较极端，但是有其可爱之处，他不仅是一位作家，还是一位特立独行的思想家、哲学家，而20世纪60年代的那种独特的文化环境，也让拒绝接受诺奖的萨特看上去与时代更加合拍。因为在那样一个充满激情与叛逆的时代，能够坚持自己作为一个独立知识分子的立场毫不妥协，能够批判荣誉与奖赏，表达自己内心所想，是包括萨特在内的多数文化人的自觉选择。

但即使没有时代助力，萨特已然算得上一个非常特立独行的人。20世纪60年代法国左派知识分子很多，他们多少都有点儿不与时俗同流合污的做派。文学奖是什么？无非是某一机构对作家文学成就的评价和奖励。颁发文学奖的组织有两种——官方的和民间的，但甭管是哪一种文学奖，都或多或少带有某种政治因素以及艺术偏见。就像托马斯·伯恩哈德在《我的文学奖》一书中所说："毕希纳奖与毕希纳本人没有任何关系。无论政府某机构的，还是民间的，他们对作家的评价，都不能不深深地打上某个具体评奖单位的烙印。"

世界各地的文学奖，往往都以历史上某位著名的文学家冠名，但实际上却与这个文学家没有任何关系。文学作品是一种精神产品，孰优孰劣，固然相对容易被评委评定，但哪个最佳最优，却很难说。真正公正的、让人信得过的评价是时间。经过时间长河的冲刷、筛选和淘汰，能够流传下来、仍然让人十分喜爱的才是真正优秀和经典的文学作品。在萨特与伯恩哈德看来，如果一个作家对当下的各种文学奖过于感兴趣，那他必定失去自己写作的根基。

1926 年，瑞典考古学家斯文·赫定来到中国的西北进行考察，他在北京遇见了中国文人刘半农。他对刘半农说："中国的现代文学创作很多，可以去参加诺贝尔文学奖的评选，来打破欧美国家对于诺贝尔文学奖的垄断。"斯文·赫定让刘半农为他推荐可参评诺贝尔文学奖的人选，刘半农就推荐了梁启超。斯文·赫定在看了梁启超的部分作品后说不合适，太偏向于理论，于是刘半农就又为他推荐了鲁迅。当刘半农问鲁迅愿不愿意参与评奖时，鲁迅却谢绝了。这就有了那封著名的鲁迅给台静农的信。

1927 年 9 月，鲁迅在回复自己的学生台静农的信件中说："请你转致半农先生，我感谢他的好意，为我，为中国。但我很抱歉，我不愿意如此。诺贝尔赏金，梁启超自然不配，我也不配，要拿这钱，还欠努力……或者我所便宜的，是我是中国人，靠着'中国'两个字罢了，那么，与陈焕章在美国做《孔门理财学》而得博士无异了，自己也觉得好笑。"鲁迅的确认为当时中国人还没有配得上得到诺贝尔文学奖的，还需努力。同时我以为鲁迅应该也没有太拿这种事情当回事儿。

事实上斯文·赫定是否具有推荐诺贝尔文学奖候选人资格是可疑的，至少按照诺贝尔文学奖推荐人资格的规定，作为考古学家的斯文·赫定是没有这种资格的。当然，作为一名生活在斯德哥尔摩的瑞典人，也说不好他与诺贝尔文学奖评委会的某个人认识甚至是哥们儿，他可以通过"内部"渠道推荐，就像我们如今周遭的许多文学奖评奖的操作模式一样。但即使是那般，鲁迅也不过是200人之一，离咱们媒体上所说"鲁迅差一点儿获诺贝尔文学奖"的说法显然差了不止一点儿。

　　林语堂也先后获得过四次提名。提名作品里包括林语堂用英文创作的作品，但都早早被淘汰了。胡适的确是拒绝过提名的，"第二年，斯文·赫定碰到胡适，他向胡适本人建议诺贝尔奖的提名，胡适也谢绝了，或许也是受到鲁迅的影响"。我以为很难说胡适是受到鲁迅的影响，胡适拒绝被推荐，一是他了解自己彼时除了一点儿诗歌，没有太像样的文学作品；二是胡适也显然没把文学奖这事儿当回事，哪怕是所谓的诺贝尔文学奖。

　　对于文学奖，作家可以兴高采烈地接受，也可以无动于衷地不接受，但比较不好的一种情况是：作家一方面很高兴地接受某一文学奖，一方面又要"做足姿态"，表示自己被迫接受的矫情心理。

　　作为比较重要的国际性文学奖之一——耶路撒冷文学奖，已经成为世界上相当一部分作家矫揉造作的表现舞台，至少我个人认为是如此。

一些耶路撒冷文学奖的获奖作家，从被通知获奖的那一刻起，便开始了他们各种各样的表演——从拒绝踏上以色列领土，到最终接受组委会的机票，到站在台上直抒自己那些对人类、政治、艺术、民族、战争的看法，套路如出一辙，欣喜，焦虑，苦情……戏路不逐一尝试仿佛就对不起这一文学奖所带给他们的附加价值。

　　从村上春树的被我们众多国人反复传诵的"我永远站在鸡蛋这一边"，到巴尔加斯·略萨的"我是来声援被压迫的一方的"……这些大作家无一例外地赶到了以色列，一方面领取犹太人数额不菲的奖金，一方面悲愤交集地表演。

　　2011年，英国小说家伊恩·麦克尤恩毫不犹豫地收下了前往耶路撒冷的机票，决定参加耶路撒冷文学奖的颁奖仪式。在颁奖晚会现场，麦克尤恩微笑着从耶路撒冷市长的手里接过了耶路撒冷文学奖，并不出意外地发表了批评以色列政府的演讲。他说："空气中弥漫着巨大明显的不公正，在这里，对以色列和巴勒斯坦小说家，'现状'就是在别处……需要创造性地去写或者忽略它（政治）。"在耶路撒冷，自由有"那么一点点"。在英国，"我们也许无家可归但我们还有祖国。我们既不会受到敌意邻居的威胁也不会流散各处"。问题在于，据说麦克尤恩是面带笑意控诉了以色列对巴勒斯坦的压迫，而台下的以色列人也普遍面带微笑听完了他的这些控诉，犹太人是真的不在意作家们对他们"明目张胆"的批评，还是早已把作家们不出意外的表态看作是一种行为艺术？

对文学奖说"不",自然需要一种强大内心和一份道德勇气,但更需要对文学奖有充分的了解与认识。托马斯·伯恩哈德就在《我的文学奖》中说:"在我欣喜雀跃地接受了尤利乌斯·卡姆佩奖之后,每逢再得奖,总觉得索然无味,甚至感到恶心,心中总有一种抵触的感觉。但是许多年里每逢有奖向我颁发,我都显得太软弱,不能坚强地说声不。我总是在想,在这方面我这个人性格有缺失。我蔑视文学奖,但我没有拒绝。这一切都令我厌恶,但最令我厌恶的是我自己。我憎恶那些典礼,那些仪式,但我却去参加;我憎恶那些颁发奖金者,但我却接受他们递给我的奖金。"伯恩哈德接下来说:"今天不可能再是这样了。人已过 40岁了……"

当年詹姆斯·乔伊斯的小说《尤利西斯》被杂志率先刊出后,舆论大哗,纽约法院当即起诉了刊登该小说的杂志主编,可见其所遭受到的"围剿"。爱尔兰自由邦成立后,一位政府部长专程来找乔伊斯,希望由爱尔兰自由邦政府向诺贝尔文学奖评委会推荐这部作品,乔伊斯却拒绝了。因为"自己不仅不会因此而获奖,很可能这位部长会因此而丢官",同时,乔伊斯不觉得文学奖(包括诺贝尔文学奖)对作家的创作而言是一种必要。

对于中国文学而言,一些文学奖获取与否有时候不仅意味着奖金,还意味着待遇、职位、升迁等,其重要性怕是乔伊斯所不能理解的。但说到底,文学奖的得与不得,与评委有关系,与作家有关系,与文学本身却经常关系不大。

多面的埃科　博学的小说

　　诗人布罗茨基说过："我是我所读过的和我所记得的东西的总和。"翁贝托·埃科大约就是这样的一个人。可是他死了，在 2016 年 2 月 19 日这一天，作为诺贝尔文学奖"千年陪跑"中格外引人注目的一员悍将，他像他的同胞伊塔洛·卡尔维诺一样，没有等到诺贝尔文学奖评委对他垂青的那一天。在翁贝托·埃科过世同一天，同样曾被诺贝尔文学奖赔率榜多次关注的美国作家哈珀·李也离开了我们。哈珀·李是另一位美国大作家杜鲁门·卡波蒂的邻居，而杜鲁门·卡波蒂则是中国目前正炒得如火如荼的"非虚构写作"的西方祖师爷。但现在有越来越多的证据表明，杜鲁门·卡波蒂的"非虚构"成名作《冷血》一书系与哈珀·李共同完成，但出版的时候封面上却没有哈珀·李的名字，对此，哈珀·李缄口不言。不说话一方面是因为哈珀·李与卡波蒂当年青梅竹马，青年男女之间的情愫剪不断理还乱；另一方面则是因为哈珀·李在出版了她的成名作《杀死一只知更鸟》后便深度隐居了起来，不接受采访，不回答他人任何问题，只在她的隐居处终日以阅读浩如烟海的文学经典为乐趣，不再与这个嘈杂喧闹的世界废话。她像翁贝托·埃科一样，最后把满脑子的学问都带去了天堂。

埃科被称为欧洲当代最伟大的作家以及最不可忽视的知识分子之一，是与卡尔维诺齐名的意大利20世纪最重要的小说家。他的小说以信息量大与学问渊博见长，打开他的随便一本小说就如同打开了一座微型的图书馆，让读者不由得一脚踏进知识的迷宫，字里行间皆暗藏了充沛的知识养分。欧洲文学界甚至将翁贝托·埃科与但丁、塞万提斯、乔伊斯、博尔赫斯并列，在其生前便称他是"活着的知识最渊博的作家"。

翁贝托·埃科去世后，意大利年轻的总理马泰奥·伦齐与埃科成千上万的读者粉丝一同在米兰的斯福尔扎城堡前参加了埃科的葬礼。伦齐说，埃科的去世不单是全体意大利人的损失，也是全体欧洲人的损失。在哀痛惋惜之余，那些翁贝托·埃科的粉丝以及众多藏书家都对埃科书房里的5万余册藏书的去向充满了焦虑——那些印刷术发明初期的善本藏书，那些有关中世纪宗教与哲学的绝版书，那些印量极少的文学、符号学以及神秘科学著作，那些探讨虚假、荒诞、隐秘科学与想象语言的藏书，单是几百年来各种各样的珍本《圣经》就塞满了埃科的一个书橱。有人说，即使这些珍贵藏书永久原封不动在埃科的书房内，缺少了懂它们的主人的精心呵护，它们也将变得沉沦，因为，书籍是有生命与热度的。

事实上，埃科有多重身份，当然，作家这一身份永远是排在第一位的，之后是欧洲中世纪学学者、哲学家、美学家、语言学家、符号学家、历史学家、美术史家、文学批评家、书痴……而若让他自己选择，我想，"书痴"恐怕是他最喜欢的。生前，埃科对于书籍的阅读与热爱，的确早已达到了痴迷程度。埃科的去世，被称为是"所有读书人失去了一位最优秀的伙伴"。说到书房，埃科的书房与欧洲早期古典主义作家们的书房很相像——文学作品占有相当比例，但哲学、宗教、历史、科学等门类著作在埃科的书房里则占有更大份额。所谓功夫在诗外，埃科阅读最多的从来都不是小说，虽然他确立自己地位并真正影响这个世界的还是他在这间书房里创作出来的小说。埃科对小说的阅读一直都比较挑剔，必读的小说包括博尔赫斯、乔伊斯、纳博科夫以及卡尔维诺的几乎全部小说作品。

对于自己所崇拜的博尔赫斯，埃科一直以来不惜贬低自己以推崇对方，他说："面对博尔赫斯朗朗上口、余音绕梁、堪称典范的旋律，我觉得自己好像在吹瓦埙。但是，我满怀期待，在我死后人们还会找到一个技巧更不如我的作家，并从他的作品里认出我是他的先驱。"博尔赫斯的小说是在用自己的知识体系建造一座又一座迷宫。相比而言，我以为埃科虽自认为脱胎于博尔赫斯，却比博尔赫斯走得更远，埃科还特别喜欢利用已有的经典作品来制造新的迷宫。比如《乃莉塔》是在戏仿纳博科夫的小说，《新猫的素描》是在戏仿罗伯·格里耶的小说……即使是他最畅销的《玫瑰的名字》，里面同样也充满了对诸多文学大师的戏仿。埃科以语言为砖石，以其丰富的知识面打造出繁复迷宫，他要让读者自己去探寻，阅读他小说的同时也无疑考验着阅读者的知识储备。翁贝托·埃科的许多作品，不同的往往只是表象，其内里则是对乔伊斯、博尔赫斯甚至是对但丁的致敬，这是一名负责任的学者型作家所为，同时又是大多数作家所无法企及的。埃科对知识的无限求索，或许可以说明一个问题，那就是对于一名小说家而言，生活体验与写作技巧固然重要，但对于各方面知识竭尽全力的获取或许更加重要。

虽然不是以好看好读的故事见长，但翁贝托·埃科的小说《玫瑰的名字》至今在全球发行超过 1700 万册（一说有 2000 万册），以一本纯而又纯的严肃文学作品，超过这个世界上绝大多数通俗乃至网络文学作品的销量，这无疑是一个奇迹！要知道埃科的小说没有一部是好懂的，甚至读起来普遍比较吃力，在一个文学读物只是提供消遣与休闲功用的时代，埃科所做的却是要读者与作者共同去完成一部作品的最终样式，因为"只有内行读者才能与作者共同享受迷宫"。埃科认为但丁的《神曲·天堂篇》是迄今为止最难读懂的，只有拥有足够知识背景的读者才能够欣赏其中的高级奥秘和无限乐趣，而这也正是作为小说家的埃科一直希望读者具有自我修养的原因。换句话说，读埃科的小说，读者是需要具有广泛阅读经验的，是要与作家一起用功使劲的。对于埃科而言，小说绝不是迁就和买通读者，而是提升与引领读者。

多年来，作为一名学者型作家，埃科一直是这个世界上维护传统纸质出版物、反对电子化阅读、反对与碎片化阅读浅阅读妥协的急先锋，他用自己的身体力行坚守着人类与书籍数千年来结下的不解之缘。欧洲著名的《巴黎评论》杂志曾对埃科进行过专访，文章中对埃科的书房有如下一段描述："公寓里排列的书架，个个顶到特别高的天花板，中间的过道宛若迷宫——共有3万册书，另有2万多册在他的庄园书房。我看见有托勒密的科学专著和卡尔维诺的小说，有论索绪尔和论乔伊斯的研究著作，有中世纪历史和神秘手稿的特别专区。许多书由于翻得太多而显得残旧，从而赋予了这些藏书一种生命力。"埃科是作家，是学者，更是一名手不释卷的合格的读者。他说过："藏书是一种个体的手淫，你很难找到分享同一激情的人。"是啊，那种沉浸在阅读中的快感恐怕只有爱书人自己晓得。

我也见过一张翁贝托·埃科在他书房里工作的照片——他坐在高高的带有滑道的活动型书梯上端，手里捧着一本打开的书，旁边是"高耸入云"的书架，而他书房的房高似乎比两个人摞在一起的高度还要高一点儿。

对于传统纸质书籍，有那么多人似乎在欢欣鼓舞地预测它终将被电子书等高科技读物所取代的命运，而我却固执地认为，这一定是无稽之谈。因为，总有一些事物是不与科技发展甚至我们人类的物质进步共命运的，它只与我们的精神生活有关。就像翁贝托·埃科所说的那段著名的话："在某个特定的时刻，人类发明了书写。我们可以把书写视为手的延伸，这样一来，书写就是近乎天然的。相比之下，我们的现代发明，电影、收音机、网络，都不是天然的。"蓝天、大海是天然的，花朵、鸟鸣是天然的，书香也是天然的。

在翁贝托·埃科看来，书籍永远都要比人长寿，时间会滋养书籍，阅读会延续书籍的寿命，思考会在时代的精神里复活一部书籍，而书籍的深奥不是问题，要让深奥的材料自然地进入虚构故事中使得读者接受，需要打通想象力与学术研究之间的隔膜。埃科将自己的每一部小说都当成"符号学-诠释学"的一次冒险试验，而完成一部小说不过是某一次试验过程的一半，另一半则由读者去完成。

有人说，埃科的5万余册藏书比不过埃科的大脑，埃科的大脑里储藏了远大于5万册藏书的想象力。埃科的小说其实是西方文学中博学小说的一种。即使在今天，博学小说依然是西方小说众多样式中的一种。埃科的写作是极其知识分子的，他是学者型作家的代表与典范。事实上在西方，学者型作家比比皆是，尽管他们所创作的小说并非都以博学见长，但这些小说家绝大部分都是博学的。

在中国，当下的小说家恐怕很难创作出博学小说来，这与小说家自身普遍不够博学有很大关系，和我们对小说的看法与要求也有很大关系。小说基本上成为故事的演练场，区别仅仅在于大家演练出的是好看的故事还是特别好看的故事。当然，将好看的故事讲得合情合理、言简意赅同样需要相当的技巧，熟能生巧，带有教材性质的写作案例也有助于写作者技巧的养成。我们如今衡量好小说的标准其实也越来越简单：一个好看的故事，一种流畅的叙事，基本就 OK 了。当下中国小说要的第一是故事，第二还是故事，一部小说的优劣往往是以其最终能否改编成影视作品或舞台艺术来做判断，以其取得的版税以及被改编后所得的票房来衡量。文学从没有像今天这样既简单又浮躁。有人还拿诺贝尔文学奖来做依据，在被诺贝尔文学奖或有意或无意"遗漏"的作家中，无论是普鲁斯特还是卡夫卡，也不管是博尔赫斯还是翁贝托·埃科，其作品都不是以讲一些好看故事见长的。既然连诺贝尔文学奖都不喜欢"写不好故事"的作家，我们凭什么不以小说故事好不好看作为衡量一部作品成功与否的标准呢？翁贝托·埃科其实也在他的小说里讲故事，他甚至说过："人天生就是一个虚构故事的动物。"关键是，这些故事的面目是怎样生成的？构成这些故事的要素是家长里短还是人类知识的累积？尽管不能简单以此来判断一部小说的优劣，但小说除了提供一个好看的故事之外，总还应具有某些更丰富、更形而上的使命吧！

被尼采称为"德语文学史上最伟大的四部小说"之一的——奥地利作家阿达尔贝特·施蒂福特的《晚夏》就是博学小说的代

表作。小说里包含了大量植物学、地质学、哲学、美术学与建筑学的知识及相关信息。当然，博学小说如果仅以炫耀作家的知识面来安身立命，那就混淆了小说应有的功能，但作家知识面的宽广的确也很重要。在我们见到的当下中国小说中，除了社会生活、人物语言、故事走向这些要素之外，很少见其他方面的知识与信息构成，作家常以为——我是个作家，我不是记者，不是地理学家，不是民俗专家，不是社会学家……我写好我的故事就行了。是什么令一些中国作家可以读极少的书甚至不读书就可以写出作品甚至还是不错的作品来呢？我想应该是我们这个略显浮躁的文学环境，是一切以阅读趣味为王的编刊与出版指向，是我们以不读书却说大话为能事的文学生态。

谁也说不清失明后才成为阿根廷国家图书馆馆长的博尔赫斯的大脑里装了多少书籍，可能会是百科全书吧。而翁贝托·埃科更甚，他的大脑完全被十几种社会与自然学科的内容所贯通，而凝练出作家独特的思想境地。这让我想起来另一位刚刚去世（2016 年 3 月 31 日）的作家——匈牙利作家凯尔泰斯·伊姆雷，这位 2002 年获得诺贝尔文学奖的作家，这位奥斯维辛、布痕瓦尔德纳粹死亡集中营里面的幸存者，一直都有记日记的习惯，然而，从他的日记里我们看不到衣食住行与家长里短，他的日记所记录的都是自己每天的思想，而这些闪动的思想火花，无一例外都是关乎人类共同理念与命运的。

近年来，翁贝托·埃科的小说在中国的发行量其实并不低，但多半是因为出版商将其原本晦涩难懂的小说加以"侦探、悬

翁贝托·埃科

疑"的包装才得以大卖。许多人最初并不知道埃科是一名学者型作家，还以为他是某一类型的侦探小说鼻祖呢！所谓学者型作家，虽然间或还能听到这样的说法，但在当下其实是缺少这一类人的，尽管一直都有人零零星星地在不同场合、不同媒体上提倡，似乎从来应者寥寥。编好故事，讨好市场，哪怕是讨好已然变得无限小众的所谓纯文学市场，便是一名作家安身立命该有的姿势。至于学者型作家，则需要有良好且庞杂的知识结构，有较为深厚与严谨的理论修养，需要有"上着天、下着地"的多层面知识储备，当然，还需要有娴熟的写作叙述技巧，这真的是一件不容易的事儿！而在我看来，当下的作家里，多数人除了娴熟的写作叙述技巧，其他的恐怕都是缺项。

还有一点比较重要，翁贝托·埃科快到50岁的时候才开始尝试小说写作，这时他无疑已具有雄厚的知识储备，但这对于中国当下的文学界来说却根本不可想象。以我们目前某些评论家对所谓"70后""80后"病态般的代际痴迷，翁贝托·埃科是极难被他们收入视野之中的。他们的代际迷恋给人这样一种感觉，那就是搞文学、写小说实在是一个类似于游泳、举重那样的需要体力、肺活量以及爆发力的比赛项目，大家原本比的就是精力与耐力，至于其他的事情嘛，一概都是次要的，都好商量。可能也正是缘于此，学者型作家极难出头、更难涌现，甚至干脆就无法出现。在这种环境下，学者永远是所谓学者，作家只能是所谓作家，而学者型作家，那不过是字面上的东西罢了，实在是不能当真。

莎士比亚与迪伦，艺术家与作家

　　埃文河从英格兰的南部蜿蜒穿过，河中水流潺缓，两岸风光旖旎。我相信毛姆曾经说过的那句话："英格兰的乡村是欧洲最美的，没有之一。"毛姆是英国作家，说英国的乡村最美似乎并不奇怪。但事实上我到英国的印象也是如此，感觉乡下远比城市更有味道，尤其是那些远离伦敦的地方。埃文河所流经的地区恰恰都远离伦敦，而就在埃文河流域左近的三个城镇里，先后诞生了三位伟大的作家，他们分别是狄更斯、简·奥斯汀，至于另一位嘛，便是被与他同时代的英国著名剧作家本·琼森喻为"埃文河上之翩翩天鹅"的莎士比亚。

　　斯特拉德福镇从300多年前就已然肩负起了其作为观光胜地的使命，而所谓观光内容实际上只有一个——膜拜艺术家莎士比亚。之所以要在此强调莎士比亚是一位艺术家，是因为在这座人头攒动的小镇里，但凡有标识莎士比亚名字的地方，其前缀往往都是"艺术家"（ARTIST 或 VARIOUS ARTISTS），而不是"作家"（AUTHOR），甚至也不是剧作家。少年莎士比亚在斯特拉德福镇的人们眼中，曾经是一个喜欢唱唱跳跳还喜欢涂涂画画的男孩儿，这令他听上去更像是一个传统意义上的艺术少年。在莎士比亚故居的院落内，有一棵像是被斩断的大树的树根残留，被小心翼翼地圈围了起来，据说这是当年莎士比亚亲手种下的，就像牛顿的苹果，这棵树曾赐予了莎士比亚许多的艺术灵感，只可惜未能存活下来。艺术家的天赋应该并不必然缘于他故乡的恩泽，但埃文河却因莎士比亚而被称作一条艺术的河流，尽管在这条河流的上游与下游，还分别有狄更斯跟简·奥斯汀，但二人即使在他们家乡也更多地被称为艺术家，而不是作家。因为文学在西方从来就归属于艺术范畴，同时艺术家的身份也让作家并不满足于简单的创作，而更为注重作品的思想性与艺术价值。

莎士比亚故居二楼的卧室内的织物和墙布都是 16 世纪的原物，1564 年莎士比亚就在这里出生。但悬挂的那些画像多是后来各个时期的艺术家们的创作，我去的时候，有装扮成画像里 16 世纪农妇模样的表演者在进行简单的表演，重现 16 世纪的某些场景。据说这些人都是一些喜欢艺术的志愿者，不在乎表演的好坏，而在乎对艺术的膜拜。然而有趣的是，在这座小镇上，莎士比亚的书籍好像并不多见，或许是因为全世界都有莎士比亚的书在卖，没必要跑到这里来买，倒是有许多诸如音乐演奏、哑剧等形式的表演。我在埃文河畔看到在莎士比亚的塑像前有人在演绎莎士比亚剧作中的场景，对许多人而言，顶礼艺术家的故园代替了原有对未知事物的朝拜。

艺术家与作家有区别吗？在我们这里显然是有的，甚至泾渭分明，连各自的"组织"都不同，需要各回各家各找各妈。这种区别在西方其实也是有的，要不然鲍勃·迪伦的获奖在欧美便不会引起那么多的反对。但在古希腊人的眼里，艺术家与作家无疑属于同一类人，都属于特殊的人群，是上帝派来与人类进行沟通的使者，是人类世界里具有特殊洞察力、思考力和表达力的一群人。你很难界定欧里庇德斯与索福克勒斯到底应该被称为艺术家还是作家。即使在当下，作家也被普遍称为文学艺术家，或者说作家从某种意义上讲应该就从属于艺术家这一庞大群体。如果我们一定要认定艺术家与作家是有区别的话，那么，我相信当年王尔德说过的话："好的艺术家往往要比那个只会在书斋里写字的人更值得我们为之欢呼。"就比方说莎士比亚，400多年来，他对后世的影响力不会有任何一个文人可以与之比肩。而他作品主题的普适性无疑成为他跨越时空的保证。这个世界上那些好的、坏的、不好不坏的感情差不多都能在他的作品里找到印证。贝克特显然是受到了《李尔王》的影响，当李尔王一个人在空旷的原野上哭天喊地，身旁只有一个忠诚的老臣与他相伴，似乎是在等待上帝来救赎他们，你是不是觉得这与贝克特《等待戈多》里的场面十分相像？日本导演黑泽明则干脆将莎士比亚的故事融入了日本的历史和文化之中。美国著名导演迈克尔·阿梅雷达拍摄的电影《哈姆雷特》，把故事发生地换成了当下的美国曼哈顿……莎士比亚没有去过意大利，却能让400年来的意大利艺术家们通过音乐、戏剧、绘画、雕塑、小说等作品不断重构当年莎士比亚对意大利人的描绘。

2016年是莎士比亚逝世400周年，世界各地都从不同角度对他进行纪念，"艺术家"差不多是莎士比亚最多的前缀，其次是剧作家，再次是诗人，最后才是作家。而在这些称呼中，"艺术家"无疑是公认的对莎士比亚最合适的称谓。莎士比亚是诗人，是剧作家，是戏剧理论家，是语言学家，是历史学家，是民俗专家，同时他还参与舞台剧的演出，按照我们现在的说法，他还是一位表演艺术家……从来没有人认为他必须只能从事一种艺术体裁的创作，比如说只能写诗，或者是只能写小说。

400年前的英国，剧场多为露天，观众席和舞台部分有顶子遮风挡雨，基本为茅草覆盖，所以只能上映日场，每日午后两点，在伦敦城内均有两部、多则三部戏码同时上演。那时候的戏剧表演经常有载歌载舞的桥段出现，有点儿像我们现在把话剧跟音乐剧嫁接到了一起。所以，有人说莎士比亚应该是熟练编舞的，是一位有多方面跨界造诣的艺术大家。今天的美国有11个州的州立监狱开设了针对犯人改造的"莎剧课程"，这一课程是美国的一些艺术基金会资助的项目，在后续的跟踪调查中，研究者发现，在刑满释放者中，那些曾经上过"莎剧课程"的人多半都找到了工作，有的甚至走上了艺术创作道路。

莎士比亚自创了 1700 多个英文单词，他的剧本更像是诗体剧，因为里面 70% 都是诗行。在俄国人阿尼克斯特写的《莎士比亚传》里，"诗人"是出现最多的一个词语。而在汉语译本中，许多人认为朱生豪的译本比梁实秋的好，我想首先是因为朱译本是按"喜剧、悲剧、史剧、杂剧"来编排吧，其次，朱生豪的译本更"文学"，里面将莎士比亚诗句中不押韵的地方都赋予了中文韵脚。但朱生豪的译本却没有梁实秋的译本准确。有人曾说，朱生豪是按艺术家去理解莎士比亚的，而梁实秋只把莎士比亚看成是一个单纯的作家。

莎士比亚能够跨越四百年时空而不衰，还有一个重要原因，那就是他从来都不属于"学院派"。在莎士比亚的笔下，高贵的诗意与粗鄙的俚俗相得益彰。他是在写作中上着天、下着地的典范，其所涉对贵族生活的熟稔、对民间喜乐的清晰，或许是当下每一个画地为牢的作家都该深思的。莎士比亚不是科班出身，而是剧院里边跑龙套边打杂而逐渐走向成功的，他从一开始便可以不拘一格、不设界限地对待艺术、体裁、创作这些问题，这些恰恰成就了他跨越时空艺术大家的地位。

不过，在当下，比莎士比亚更接近于大众审美意义上的艺术家恐怕要算近年因获诺贝尔文学奖而红得发紫的美国摇滚歌手、创作人鲍勃·迪伦。

在迪伦获得 2016 年诺贝尔文学奖之前，他曾获得十次格莱美奖、一次金球奖、一次奥斯卡奖、一次普利策的特别奖项，这些奖项从狭义上讲全部都与文学无关，但又全部与艺术有关。与莎士比亚相同的是，他们都来自小镇，且都创作了许多通俗易懂的诗歌（歌词）；与莎士比亚不同的是，在表达方式上，鲍勃·迪伦更直接，就是要用自己的喉咙吼出自己的想法。

迪伦的"文学作品"主要包括 400 多首诗歌，当然，更多的人认为那只是歌词；再有便是一部基本上没有人可以看懂的小说《塔兰图拉》。有人认为如今大众文化的特点之一便是认为什么是流行的，什么就是好的。因为迪伦流行，许多人便趋之若鹜，但真的接触了迪伦，又发现他的音乐并不"十分亲民"，很难简单地将其作为消遣。不过，倘使说鲍勃·迪伦是一位艺术家，一定不会有任何人出来抬杠；可要是说鲍勃·迪伦是一位作家，恐怕就没有那么简单了。

诺贝尔文学奖揭晓名单时，诺贝尔文学奖的常任秘书脱口而出的是"艺术家"一词，之后，才改嘴称鲍勃·迪伦为"诗人"。并且还将迪伦与荷马、萨福、奥维德这些古代欧洲文学史上伟大的名字相提并论。艾伦·金斯伯格的确曾经说过鲍勃·迪伦是"最棒的诗人"，鲍勃·迪伦的歌曲是"声音的诗歌"。但这次诺贝尔文学奖使得艺术家与作家的区别再次成为一个备受关注的话题，换句话说，到底什么样的作家同时又能被称为是艺术家？或者反过来说，到底什么样的艺术家同时又能被称为是作家？

事实上，2015 年获得诺贝尔文学奖的阿列克谢耶维奇的创作就与"正规"的文学创作出现裂隙，被称为是一种"声音的小说""速记本上的文学"。从某种角度来说，阿列克谢耶维奇早年与那拨俄罗斯艺术家交往的经历，使她更给人以艺术家的感觉，但并没有人认为她不是一名作家。而鲍勃·迪伦却颠覆了许多人对文学的固有认知，可以承认他的确算是一位艺术家，但他算是一位作家吗？

与莎士比亚相似，鲍勃·迪伦虽然与所谓"超现实主义""垮掉的一代""愤怒的青年"等文学流派有近似的某种合流，让人不由得想到《麦田里的守望者》《在路上》等经典文学作品，但他的诗歌（歌词）与民间的关系更加密切，迪伦只对想象中的大众说话，学院派对他束手无策、无计可施，他是在学院之外草莽生长的一股艺术力量。鲍勃·迪伦在他获得诺贝尔文学奖后依然在拉斯维加斯的切尔西剧院里参加演出，他从始至终对自己获得诺奖只字未提，面对观众中喊出的"诺奖"，他用一首《何必急着改变我》来作为回应。迄今为止鲍勃·迪伦对诺奖唯一的回复，就是没有回复。就像英国作家威尔·斯利夫在获知鲍勃·迪伦获奖后对记者所说的那样："对于这个奖，我唯一告诫的是，这个蕴含着巨大财富的奖其实降低了迪伦的身份，这个奖几乎是文学圈的轮流坐庄，而不是奖励世界级创造性的艺术家。是的，就有点儿像当年萨特被授予这个奖——他是一个哲学家，有理智去拒绝它。很可能迪伦也会这么做。"

事实上，再没有一个地方的文学像我们当下这样，把文学创作的门类区隔到如此"精准"。艺术家就是艺术家,作家就是作家,二者不能混淆。前者所对应的是吹拉弹唱、琴棋书画等,后者所对应的基本上只有一样,那就是码字。即使有些作家自认为已然写出了几分行情、打出了几里江山,开始用力丹青,搞出来的东西也只能归入"文人画"的范畴,与艺术家似乎关系不大。

而在作家创作的范畴之内,同样是壁垒森严、山水阻隔。作家这个概念仿佛就是给写小说的人预备的。写小说的,就要心无旁骛地深耕小说,写散文随笔就是"不务正业",写评论、诗歌、报告文学就是"舍本求末"。

我一直以为,作家的概念从出现的那天起,就不是小说家、随笔作家、诗人、评论家、报告文学作家、新写实作家等某个单独的文学品类创作者可以置换的,作家应该是一个综合概念,一个好作家从来都应该是思想家,甚至是历史学家、民俗学家、地理学家、社会学家等,也就是说作家应该是"杂家",因而才配被称为艺术家,如果单纯地结构小说故事,充其量就是一个小说家。

我们周遭写小说的人还有一个问题,那就是不知哪里来的底气,也不知谁给他的话语权,认为自己因为能写小说,且已经在省级以上刊物发表过了,因而其他体裁也皆不在话下,只是自己不屑于去摆弄那些小玩意儿而已。大家都知道,鲁迅除了有限的那些小说之外,更大量的是他的随笔杂文,他还搞文学评论,研究中国小说,有《中国小说史略》行世。我们说周作人是大作家,"大"的恰恰与他的小说没半毛钱关系,而是他的那些散文随笔；我们说戴望舒是诗人，可他不光写诗，他的翻译作品远比他的诗歌数量要多、用力更深，同时他还是理论家，有多部有关诗歌的理论专著；郁达夫更有《文学概说》《小说论》《戏剧论》等理论著作存世，除了《沉沦》属于短篇小说集之外，他的其他著作全部为散文小说合集，且散文的量要大于小说……

社会化大生产给我们带来的深刻变化之一便是社会分工的细化，所以工厂里才会有车钳铣刨磨，才会讲究一招鲜吃遍天。但文学艺术却不一样，需要孤守，更需要跨越；需要专一，更需要厚博。艺术家与作家没有高低之分，但莎士比亚与迪伦给我们的启示在于，在这个世界上，文化艺术从来就不该画地为牢，更没有高低贵贱，所有的艺术创作都是文化的结晶，所有的艺术创作门类都值得尊重。

米兰·昆德拉：庆祝不获奖

现在来看，米兰·昆德拉很有可能将会成为世界文学史上又一位被诺贝尔文学奖"漏掉"的作家。有人调侃说："如今连阿猫阿狗都得了奖，怎么还轮不到昆德拉？"是啊，有些事儿就是如此的吊诡啊！就像我们小时候玩过的"丢手绢"的游戏，拿着手绢的孩子已经在你的身后绕了无数个圈圈了，前后左右的孩子都被他丢过了手绢，可就是不把手绢丢到你的后面来。好在啊，昆德拉倒是注定不会"孤独"的，因为这个被"漏掉"的名单正在无限扩大：托尔斯泰、契科夫、左拉、易卜生、乔伊斯、卡夫卡、纳博科夫、托马斯·哈代、里尔克、普鲁斯特、弗吉尼亚·伍尔夫、戴·赫·劳伦斯、埃兹拉·庞德、罗伯·格里耶、曼德尔施塔姆、博尔赫斯、卡尔维诺、萨姆塞特·毛姆、格雷厄姆·格林……比起上述这些人，昆德拉肯定不是最出众的，而且，从某种意义上来说，他甚至在心里未必不会感到些许荣幸——不获奖的荣幸。

早在 1999 年，国内外与文学有关的许多人就在讨论"昆德拉为何迟迟不获奖"这一问题，有大专院校甚至还为此专门召开了研讨会。当时就有权威媒体断言："1999 年，昆德拉刚刚越过古稀之年的门槛，能否在有生之年登上斯德哥尔摩的领奖台，就不仅要看他的实力、机缘，还要看他能否保持住一个必不可少的条件——健康的体魄了。"至少在当时，人们最担心的问题显然不是昆德拉该不该获奖，而是他的身体等不等得到他获奖的那一天。

1999 年君特·格拉斯获诺奖，有人还很用心地把他们二者拿出来进行了一番比较，揣摩米兰·昆德拉与君特·格拉斯彼时的心境——二人同样来自中东欧，同是当今世界文坛的小说巨擘，且年龄相仿，格拉斯获得了他等待多年的诺贝尔文学奖，虽是实至名归，但那份激动与喜悦恐怕还是难以形容；相形之下，同样等待了多年的昆德拉肯定会感到失落，"因为无论是从作品的影响力还是得奖呼声而言，昆德拉都不会比格拉斯逊色多少，至少是不分伯仲"。

然而，弹指一挥间，十五六年的时间又悄然过去了。2015 年 4 月 13 日，君特·格拉斯与世长辞，而 86 岁的昆德拉依然健康地活着，诺贝尔文学奖依然与他若即若离。除了证明昆德拉的身体素质过硬之外，也令喜欢昆德拉的人感到丝丝悲悯。

当然，关于获奖，昆德拉依然还有希望。他的前面就有一个现成的例子，那就是英国作家多丽丝·莱辛，老太太在自己87岁那年获奖。然而，就像诺贝尔文学奖评委会秘书长恩道尔说过的，获诺奖"太过年长的作家"并不多。换句话说，莱辛当初获奖应属于小概率事件。显然，昆德拉已经离文学奖（恐怕不止是诺贝尔文学奖）渐行渐远。

然而米兰·昆德拉的名字依然会每年固定出现在各博彩公司的赔率表前端。因为几十年没有获奖，所以他连着几十年都没机会下榜。在与昆德拉类似的作家当中，还包括了日本的村上春树、叙利亚的阿多尼斯、美国的菲利普·罗斯等人。每年的颁奖前后一段时间，诺贝尔文学奖对这些人来说无疑成为一种"骚扰"。昆德拉本人早在多年前就表达了对这种骚扰的厌恶与无奈。但马上就有人站出来说，这很正常，想当年英国作家格雷厄姆·格林前后忍受了二十几次获不获奖的煎熬，到死还是没有获奖。这对作家本人可能是"骚扰"，对公众来说，可能就是娱乐。

那么，获奖，或说获诺贝尔文学奖，对于昆德拉来说，到底还重不重要？在米兰·昆德拉最近的作品《庆祝无意义》中，我感觉到，他应该早就把这事儿给撂下了，或者说，是"意识形态倾向多变"或"不靠谱"的诺贝尔奖把他打造成了一位更纯粹、更接近文学本真的作家。获奖对昆德拉来说不再是一种荣誉，被讨论也不再构成一种骚扰（他曾经把它看作是一种骚扰），而是一种"无意义"。

米兰·昆德拉

《庆祝无意义》是他继 2000 年的《无知》十五年之后推出的又一部小说，有人说这将成为他留给世界的一份文学遗言。没有太多的惊喜，人物可有可无，故事平平淡淡，情节是什么似乎并不重要，甚至形式也不再重要了。十五年凝成的一部《庆祝无意义》竟是如此的短小，只有不足 4 万字，翻译成中文，即便是字大行疏，也只能勉强印成 130 页的小册子。可就是这么薄薄的一本小册子，读起来依然不轻松，因为昆德拉显然就不是给一般读者也不是给诺贝尔文学奖评委们写的。小说主要描写了住在巴黎的 4 个男人——阿兰、拉蒙、夏尔与凯列班结伴为友，漫步于巴黎的卢森堡公园，在公园里喝小酒，聊闲天儿，从风情万种的露脐装和康德的"物自体"，一直聊到斯大林的鹧鸪笑话和加里宁的前列腺。希望从小说中读到故事的人会失望，希望能从批判意义的高度去审视小说的也会失望，小说最大的"看点"似乎就是无意义。在我来看，昆德拉已经超越了传统文学评判标准体系，他用实际行动与一些奖项的评委对他的希望"背道而驰"。在之前的小说《慢》中，昆德拉曾借主人公之口说出了他想说的话："你经常跟我说，你要写一部通篇没有一句正经话的小说……米兰库，不要开玩笑啦，没人会理解你的。你会冒犯所有人，所有人都会恨你。"

　　《庆祝无意义》无疑就是这样的一本小说，缺乏真实性，缺少意义，对某些读者乃至对文学奖项有裁决权的人构成了冒犯。但按法国某些昆德拉研究者的说法，这却是一部作家"说真话"的小说。事实也是如此。小说出版后，有读者就在巴黎举行了针对昆德拉的抗议活动，也有读者为他在塞纳河边欢庆。但就像巴尔加斯·略萨说的："小说的真实性当然不必用现实来做标准，它取决于小说自身的说服力，取决于小说的想象力、感染力，取决于小说的魔术能力。一切好小说都说真话，一切坏小说都说假话。因为'说真话'对于小说就意味着让读者享受一种梦想，'说假话'就意味着没有能力弄虚作假。"

对于昆德拉，我们似乎很容易就能找出一大堆授以其诺贝尔奖的理由。那么，他不能获奖的理由又是什么呢？

奥尔罕·帕慕克在论及米兰·昆德拉等流亡作家时认为，即便在那些受政权严控的国度里，杰出的小说也并不是以一种无法无天、为所欲为的暴民方式来发出声音。相反，这些小说迸发出的惊人的创造性和独特性，恰恰来自针对这种政权严控现状的认真凝视。在南美、俄罗斯、中欧、土耳其乃至伊朗等地的小说家那里，恰恰是巨大的政治限制催生出巨大的创造力。

昆德拉对极权时代的批判是带着笑的，而且是带有某种善意甚或宽容的意味。他不刻意，也说不上尖锐，他不像索尔仁尼琴，也不像赫塔·米勒，他坚持说自己最著名的那几部作品既不是写极权，也不是谈暴政，而是在描绘爱情。对于诺贝尔文学奖来说，一个像卡夫卡或者伍尔夫类型的作家本身就非首选，尤其是这个作家的身份还比较特殊。所以，诺贝尔文学奖评委会秘书长恩道尔在回答记者提问时才会说："我很难理解为什么昆德拉会认为诺贝尔评选活动给他带来了困扰。当他声称诺贝尔奖不会为自己的名声加码时，我想他高估了自己的名声。另一方面，如果他的意思是诺贝尔奖不大会影响他作品的长远存在，那他说得对。诺贝尔奖不能确保作品永恒，当然也不会阻碍作品永恒。"

　　是的，既然诺贝尔奖不能确保作品永恒，也不会阻碍作品永恒，那么作家就可以把它看作是一种"无意义"。因为获奖，或者不获奖，作家和作品都在那里。而且，不管是国内还是国外，文学不同于自然科学，获奖与否，其间人的因素占比很大，所以时间才是最公正的评委。

　　贝克特说，对一个作家的最高奖励不是他人的肯定，而是作家对自己作品的肯定。我理解贝克特所说的作家，应该是那些足够分量的作家。米兰·昆德拉就曾多次为自己的作品辩解，他不允许别人当面误解他，或者把他的文字当成某种特定意识形态下的文学，这比获取诺贝尔文学奖还重要。

　　总看到有中国作家写文章说，自己写作不是为了获奖，更不是为了评委的喜好，也不是为了讨好读者云云。且不说那些当年在马悦然的影响下明显冲着诺贝尔文学奖而去的作品，就拿国内的这些奖项的参评作品来说，就知道有些作品原本就是为了得奖而专门创作出来的。当然，不能说为了获奖创作的作品就不好。但是，从昆德拉的《庆祝无意义》里，我的确读到了另外一种文学创作的可能性。没错，或者，我乐意给昆德拉的这部作品改一下名字，不如就叫作《米兰·昆德拉：庆祝不获奖》！

如何解剖或把一个作家"毁掉"

　　艾丽丝·门罗获得诺贝尔文学奖那一年，
我听到、看到了这样一些言论——某出版商：
"我们根本没有预测过门罗获奖，也压根没想过
这事儿。签门罗的书，单纯因为她是当代英美
文学一线女作家，我们关注她很久了。"以百米
冲刺般的速度舍我其谁地一股脑引进七部门罗
短篇小说集出版，说得却好像与她获不获诺贝
尔奖没有半毛钱关系。原本多半不知门罗何许
人也，却装得与门罗很熟的样子，某畅销书作
家："果然不出我所料，果然是艾丽丝·门罗，
留意她很久了，她绝对算一线作家。"某京城评
论家："刚有记者问今年的诺贝尔文学奖为什么
颁给门罗，其实大学时就读过她的短篇小说，
她的书和她的生活经历都很符合瑞典学院的口
味，去年莫言获奖时，我就预测今年肯定是

她。"……都成了诸葛孔明，都不输给刘伯温。在我来看，谁知道门罗并不能代表他就与众不同，不了解门罗是谁恐怕更契合我们当下的文学环境。这些年，一些媒体、评论家以及前赴后继的文艺青年，所扮演的角色无非就是两种——煽风者与跟风者。据说因料定会是村上春树获奖，有著名评论家已经给报纸写好了热评，连清样都改了一遍，没承想却砸在了手里。有意思的是，当人们以接近门罗一样的速度逃离村上春树的时候，当有人突然改口说村上春树只不过是"日本的安妮宝贝"的时候，为墙头草们煽风点火的依然还是这些昨天还把村上春树奉若神明的评论家。令我奇怪的是，原本当年中国翻译引进的门罗作品也只有一两部，加起来不过几千册的印量，我们的著名评论家们怎么就能在第一时间立马就认定门罗是"探索小说纯粹性的代表"？说"门罗的小说篇篇写得精细微妙而自然灵巧，无疑极其出色，令人击节而叹"？难道，他们曾通读过门罗小说的英文版？难道，门罗真的就比米兰·昆德拉更配得上这个奖？难道，评论家能做的只是配合写几行介绍性的短文？并且每位评论家的潜台词仿佛都是"我就知道门罗早晚会获奖，可我之前就是不说！"

这个世界仿佛从来便是如此，有人披红挂绿，就有人悄然离去。与艾丽丝·门罗获奖差不多同步，93岁的德语国家文学批评巨匠马塞尔·赖希-拉尼茨基去世了。在德国法兰克福为他举办的葬礼上，来宾包括德国总统、赖希-拉尼茨基生前所在黑森州的州长等几百位德国政要、社会名流。赖希-拉尼茨基是德国乃至欧洲家喻户晓的文学批评家，按德国媒体的说法，有98%的德国人知道他，其影响力远远超过欧洲许多娱乐和体育明星。在他去世之初，德国所有报刊的头版和封面的中心位置都被赖希－拉尼茨基去世的消息所占据，就连情色出版物的头版也史无前例地将无上装女郎换成了赖希－拉尼茨基的大幅照片，以此向一位伟大的文学批评家致敬……一位文学批评家，一个一生以给作家和出版商们挑错揭短为职业的人，死后竟然获得如此殊荣，恐怕够让我们身边数不过来的所谓文学评论家们目瞪口呆一阵子了。

是的，赖希－拉尼茨基是一个让所有德语国家写作者又爱又怕的人。拉尼茨基有一句名言："能够毁掉作家的人，才能做批评家。"他从根本上反对深奥、晦涩、故弄玄虚的所谓学院派批评家，认为他们所写的那些东西根本不配叫作文学批评，只是在不断浪费大学里的纸张。赖希－拉尼茨基的批评语言永远是那样生动活泼，那么通俗易懂，因为他是作为广大文学读者的代言人去谈论文学，去质问和批判作家的。赖希－拉尼茨基坦言，批评家永远不应是作家的同盟，而不设限的文学批评是开明社会和民主社会的标志。

德国当代最具国际影响力的两位作家，是君特·格拉斯和马丁·瓦尔泽，而他们却是拉尼茨基"炮轰"的重点，拉尼茨基对君特·格拉斯自己十分得意的作品《说来话长》的评论是："这本781页的书就5页拿得出手。"而对于瓦尔泽的小说《爱的彼岸》，拉尼茨基说："为马丁·瓦尔泽好，同时也为了我们自己，希望这本书尽早被人遗忘。"几乎所有重要德语作家都曾与赖希-拉尼茨基爆发过"笔战",但正如德国小说家沃尔夫冈·克彭所说的那样:"他批评我,所以我存在。"

赖希-拉尼茨基所做的工作其实就是用实际行动在诠释丹麦伟大的文学批评家勃兰兑斯的那一句话——伟大的文学作品永远是在不同的声音里逐渐变得伟大的。我留意了一下,果如其言,文学史上的大作品几乎无一例外都是在批评和质疑声中走入经典行列的。而那些甫一面世就好评如潮的东西,常常被证明是终将被淘汰的。这是因为,时间是个神奇的魔术师,它可以披沙沥金,而在这一过程中,批评是获取黄金所必需的过滤网。在美国文坛,诺曼·梅勒无疑是一位大作家,他在评论另一位大作家塞林格的时候,是这么说的:"他的心智,是迄今为止我所见过最了不起的——就中学水平而言。"还是美国作家,麦尔维尔的《白鲸》如今早已归入经典行列,可它刚出版的时候却遭遇大量批评,而且几乎所有的批评都十分严厉。有一位批评者甚至称麦尔维尔的这部代表作是"纯粹神经错乱撒癔症","这部大部头里面大部分内容都是纯粹的垃圾,概念是垃圾,行为是垃圾,对话是垃圾,情感也是垃圾。谁要是因为麦尔维尔的名气去买这本书,那就是在浪费钱,我们相信这个世界上绝对不会有人能坚持读完整本书……对小说结构的评价更是没必要了。麦尔维尔先生这样浪费他的才华真是太不应该、太可惜了。他的这些'才华',如果能找张纸巾,小心翼翼裹起来,一辈子不拿出来显摆,都比现在这样好一百倍"。亨利·詹姆斯同样是一位被写入美国文学史的大作家,马克·吐温却说:"读他的书不能停,你一旦放

赖希－拉尼茨基

下，就再也拿不起来了。"《呼啸山庄》刚出版时广受苛责，艾米莉·勃朗特英年早逝，她去世前所看到的每一条评论都是差评，有批评者甚至这样在报纸上撰文："作为一个正常人，读这样一本书，居然能坚持读十几章而不自杀，这实在是很神奇。这本书，糅合了粗俗的堕落与不自然的恐怖。"正因为西方文学批评有这种文风传统，严厉的文学批评在欧美文坛才被视作是文学创作的合理反馈。

　　或许，这就是文学与自然科学不同的地方。一部作品价值几何，需要时间和空间的共同作用才能体现，批评家可能有自己的偏好，也可能会看错，但你不能因噎废食抹杀批评家所提供的思想火花，也不能抛开历史局限看问题。而在世界文坛，文学批评从它出现的那天起从来就是落实在"批评"二字上的，作家虽然感到不爽，却可以接受；而公众则觉得理所当然，因为，正是有批评家在替他们监督，作家才能不断地扬弃和超越自我，才能为公众提供更好、更有价值的作品。批评家的身份决定他永远不能是给作家摇旗呐喊甚至抬轿子的角色，批评家要做的是让公众看到作家或热闹或华丽的文字后面所掩藏的各种问题。

　　对于作家与批评家的关系，鲁迅先生也有过说法——"我想，作家和批评家的关系，颇有些像厨司和食客。厨司做出一味食品来，食客说话，或是好，或是歹。厨司如果觉得不公平，可以看看他是否神经病，是否厚舌苔，是否挟夙嫌，是否想赖账。或者他是否广东人，想吃蛇肉；是否四川人，还要辣椒。于是解说或抗议来——自然，一声不响也可以。但是，倘若他对着客人大叫道：'那么，去做一碗来给我吃吃看！'那却未免有些可笑了。"

　　看看当下文坛，如鲁迅所言的这类可笑的写作者实在是大有人在。"说我不行，你也写一部长篇来给我瞧瞧！"那架势矫情而且傲慢。于是乎，你好我好大家好的庸俗的文人相"亲"的风气便大行其道。你吹我写出了史诗性的精品力作，有希望继莫言之后问鼎诺贝尔文学奖；我册封你为"伟大的评论家"。至于各种研讨会上，充斥着千篇一律让人起鸡皮疙瘩的吹捧之词，如果取其"精华"地拿出来亮亮，你会惊讶地发现，我们周围竟然有那么多经天纬地的作品。让我搞不懂的还有，不少文学奖都设有"文学评论奖"这一奖项，却常常让作家登台去给评论家颁奖，我不知道世界其他地方有没有中国文坛这种令人叹为观止的"一景"。想一想，那些获奖的所谓评论家，以后还好意思批评那些给他颁过奖的作家吗？恐怕最终只能像赖希－拉尼茨基曾经批评德国文坛风气时所说的："你喊我歌德，我叫你席勒。"

　　即使是赖希－拉尼茨基，也并不是无原则地批评作家作品，对于德语作家，他有自己的评判标准，那就是看其所创作出来的作品是否达到了德语文学中的两个高峰——托马斯·曼和卡夫卡的水准。他对大作家、诺贝尔文学奖获得者君特·格拉斯尤为苛刻，因为他不能容忍一个享有世界性声誉的德国作家写出够不上自己分量的作品。德国《明镜》周刊曾经刊出的一期封面图片，是暴怒的拉尼茨基一边吼着："我亲爱的君特·格拉斯"，一边亲手将格拉斯的长篇小说《旷野》撕成两半的情景。拉尼茨基还对君特·格拉斯说："您不需要我的友谊，我也不需要您的。"正因为有赖希－拉尼茨基这样的文学批评家，德国文坛多年来见不到整版整版吹嘘某个作家某部作品的奇特媒体，没有多如牛毛的谓之"作品研讨会"实则"作品表扬会"的和谐温馨场面……受到赖希－拉尼茨基等文学批评家的深刻影响，在德语国家乃至欧洲文坛，任何一部文学作品，哪怕是已经得到了大众的广泛认可，批评家所提供的也不是无原则的溢美之词。因为文学批评家的任务就是给作家和作品挑毛病的，没有毛病的文学作品是不存在的。正因为如此，文学批评家就是文坛永远的"持不同政见者"，这几乎已经成为世界文坛范围内从事文学批评者的一道公认的门槛。

说起来，各行各业原本都该有一道门槛的，所谓门槛也就是入门条件。那么，对于中国文坛而言，批评家的门槛又是什么呢？又在哪里呢？是大学文学院里的教职吗？抑或是在社科院以及专业协会里供职？我想都不是。但在我们的现实语境里，"文学批评"却在不知不觉间被"文学评论"所置换了。这绝对是一种有深意、有预谋甚至颇有远见的置换。因为，在我来看，"文学批评"与"文学评论"根本就是两码子事儿。但是，为表述方便，我暂且在此把"文学批评"与"文学评论"混为一谈，而且既然大家都接受了"文学评论"这一说法，我也暂且不再矫情。

王彬彬曾对"文学评论家"的名号不愿接受，我以为他实际上是对当下中国文坛的批评环境无法接受。他说："我也常常被称为'评论家'，每当此时，我都浑身不自在。在今日中国，我以这个称号为耻。文学评论当然应该促进文学的良性发展。而要能促进文学的良性发展，就免不了有对作家的挑剔、指责。挑剔、指责，本来是'批评'的题中应有之义，怎么倒成了大逆不道之举？"

王彬彬的困惑实际上是对整个中国文学评论界处境的困惑，到底是做吃力且注定不讨好甚至很讨厌的文学批评家，还是亦步亦趋地做给作家总结作品中心思想并大唱赞歌的文学评论家？这在当下文坛无疑已经成为一个"问题"。做前者，不仅内心需要强大，且指定举步维艰；而做后者的好处却不要太多，不光有大大小小的荣誉，有作家环伺左右，搞不好这些作家还属于燕瘦环肥那一类，更有红包好拿，而且还具有某种话语权。这种话语权表现在各个层面，比如，在某篇带有总结性"排排坐"意味的文章里，就可能决定是提你还是提别人，就可以把原本白的说成黑的，就可以把不入流的说成有大师气象……因为对这些人而言，本无所谓是非好坏、黑白曲直，谁跟他近，谁说他好，他就给谁投桃报李，这种所谓评论家的门槛是永远让人看不见在哪里的。

已经有很多年了，在我们身边，文学作品研讨会，尤其是大量的长篇小说研讨会，实际上成了表扬会和新闻发布会，多少有些责任感的评论家，可能还尴尬地说一些含混不清的模棱两可的话；而"想开了"的评论家，一般是坐下来就开捧，说出来的那些滚烫的话语足以让作家面红耳赤，正如有人所言，这种作家与评论家的关系是人情层面和商业层面而非学理层面的。瑞士文学批评家阿尔贝·贝甘曾经说过："作为批评家，他的所有作品都是一种私人日记，一种在三重对话中探索和定位的日记——首先是和自己，其次是和他所亲近的人，最后是和世界上最伟大的心灵。"换句话说，文学评论家的作品不仅是对作家作品的品评，也应是一种独立的具有个人化追求和风格的文学思考，是能给作家创作带来触动和灵感的特殊的文学作品。在国内，这方面比较好的例子可以举陈忠实的《白鹿原》，确确实实受惠于有价值有启迪的理论和有良知有眼光的评论家，洋洋洒洒近20万字的创作手记真切地叙述了好理论和好评论家如何促成了一部经典作品的诞生。

依我的观察，所谓学院派的文学评论完全是一种学术化、规范化、反个人化的文字，那些程式化的名词堆砌，那些没有心跳又吓唬人的刚性术语，那些冷冰冰地运用客体化的"我——它"言说方式……我实在想不出这些车载斗量的没有丝毫血色的文字对文学本身有多大意义。我相信这样一句话——文学批评的本质不是所谓学问，而是哲思，是心灵的回响。既然我们把"评论"归到"文学"范畴，要做的就是千方百计去避免规范化的语言，也试图规避文章样式的重复。换句话说，文学评论要有"文学作品"的诗性品质。

直到今天，某些作家对于文学评论的理解依然很狭隘，认为文学评论是与文学创作紧密相关甚至是作为创作附属的一个行当，没有作家也就没有评论家的饭碗。于是，作家的牢骚也由此而来，轻佻地认为评论是靠作品生存的，这是对文学评论的严重误解甚至亵渎。可问题是，我们有相当数量看不见门槛就进来的评论家却也如此认为。其实，当人们说文学评论力量薄弱的时候，人们指的实际上是学术之外的评论力量薄弱。这样的评论与创作，与公众的阅读生活有密切的联系，它的志向不在于学术，而在于直接介入。因此我相信作家和评论家之间需要一种思想上的紧张关系，而这种紧张关系，是院校和社科系统难以提供的。

其实，说一个评论家黑嘴也好，毒舌也罢，我认为都是一种褒奖。就像已然驾鹤西去的赖希－拉尼茨基，他是德国、奥地利、瑞士等德语国家作家们共同的敌人，同时也是他们的战友，因为伟大的战士是因了敌人的出色而变得强大的。说起来，评论家的门槛说高也高，比方像赖希－拉尼茨基这样的，能够成为德国全民喜爱的文学批评家；说没有其实也没有，比方那些打着学术的旗号以让所有普通读者看不懂为己任，实则和作家你好我好称兄道弟的评论家。

帕慕克的脾气

"太疯狂了！"当土耳其作家奥尔罕·帕慕克得知有一个国家在一年多的时间里翻译出版了六七部他的小说，同时还有他的另外几部作品正在等待翻译或商讨版权中，而这个国家还是正在迅速崛起的古老的中国的时候，这句由衷的感叹从作品在本国读者中饱受"艰涩难懂"质疑的帕慕克嘴里脱口而出也就不奇怪了。然而，这却只是一个开始，接下来还有更加令这个土耳其人难以置信的事情。

2012 年 8 月，随着《天真的感伤的小说家》一书的引进出版，帕慕克现存的全部作品在中国宣告出齐。乍一看，这似乎并无异常，村上春树的书我们不也是有一本算一本地"悉数引进"、"照单全收"吗？但是，且慢，村上春树的作品当初进入中国就是奔着刚刚度过青春期进入小资阶段的广大群体来的，换句话讲，村上春树从一开始就没被打造成高端品牌，说村上春树是一位符合大众审美时尚的"经济适用男"也不为过；而被包装成"当代欧洲最杰出的小说家之一""当代世界范围内严肃文学的一面旗帜"的帕慕克却是个让西方不少文人读起来都感到颇为吃力的作家。因为过分讲求技巧，其作品阅读起来不是一件轻松的事儿，却能够在中国被演绎成"好读又亲近、高端又畅销"的神话，成为"中国知识分子和文艺青年的案头至爱"，的确让人匪夷所思，说实话，若不是媒体白纸黑字明明白白地写着，照片清清楚楚地印着，我还真以为此帕慕克非我所阅读的那个帕慕克呢！

　　所谓帕慕克的"全部作品"，是指迄今为止他的全部小说作品以及所有已经成书的散文随笔集。为此，有人在媒体上欢天喜地地撰文，声言咱们中国读者较之英语国家的读者还要"幸福几分"——因为至今全世界英译帕慕克的作品只出版了九种，并且这九种出版物还分属于多个英语国家内的不同出版社，而我们一个国家的一家出版社就比他们多出版了好几种，这对中国读者而言不是"幸福"又是什么呢？事实上，按照这一逻辑一路狂奔地探究下去，我们会惊讶地发现，中国已经悄然成为帕慕克作品在世界范围内（包括帕慕克的母国土耳其）印刷数量最多、拥有读者最众乃至影响力最大的国度。帕慕克的作品在土耳其国内的销量即使在他获得诺贝尔文学奖之后，也没有出现我们想象中的"井喷"现象，甚至还被土耳其文学界相当一部分人所排斥。正因为如此，当听说《我的名字叫红》在中国连续印了26次、总印数接近 40 万册的时候，土耳其安卡拉大学的一位土耳其语言文学教授曾惊讶得张大了嘴巴说："天呐，怎么会！"

依媒体的说法，咱们中国读者因为"可以坐拥帕慕克的全部作品"，因而是很"幸福"的。但是，无论是读帕慕克的小说还是坐拥他的全部作品，我却怎么看也看不出来这些事情和"幸福"能扯上半毛钱的关系！我十分好奇，同时也有一百二十分的怀疑，到底是出版商，是社科院那些拿研究外国文学当饭碗的研究员，还是受媒体不断蛊惑非要把帕慕克作品像收藏品一样凑成系列的一般读者，从中能够读出或品味到某种幸福的滋味。别人我不清楚，反正帕慕克的小说我读起来的最大感觉就是累，他把大量有用没用的知识都堆砌到他的小说里，读起来障碍重重，许多地方在我看来都应该像学术论文那样需要加上注解，同时也难说没有卖弄之嫌；当然好的一面我们也不能忽略——信息量大，小说构思精密，技巧上能够看出追求更能够看出难度……但这些显然都与幸福与否无关，你在其他作家那里同样也能够看到构思巧妙、技巧出众的作品，比如卡尔维诺与博尔赫斯，帕慕克显然不是唯一。

瑞典文学院授予帕慕克诺贝尔文学奖的授奖词这般写道："（帕慕克）在探索他故乡忧郁的灵魂时发现了文明之间的冲突和交错的新象征。"作为探索不同文明之间冲突的作家，帕慕克也不是第一个，在他之前有很多，在他之后会有更多。就以这些年获得诺贝尔文学奖的作家为例，英国的奈保尔，南非的库切，甚至连罗马尼亚裔德国籍的赫塔·米勒的作品实际上都在探索不同文明之间的矛盾和冲突。但在中国"火"起来的却不是他们当中的任何人，而是帕慕克——一个对中国人一厢情愿的热情毫不领情，可以在为他精心准备的研讨会上拂袖而去，可以把等了他三四个小时的读者甩在一旁，可以让上千名年轻学子在礼堂里干等一两个小时，可以让接待他的中方人员手忙脚乱、无所适从的作家！问题还在于，帕慕克的喜怒无常与傲慢无礼并没有丝毫影响到他在中国的人气，反倒是都被所谓的"大作家的十足个性""难能可贵的孩子气"四两拨千斤地化解掉了，出完了他的全部作品还不算，甚至连他刚刚开头的小说我们都要想方设法去全程跟踪，准备第一时间引进到中国来。我想知道的是：到底是帕慕克真的令我们无法拒绝呢，还是我们这里有人干脆就是吃错了药？！

这些年来，中国人仿佛与诺贝尔文学奖飙上了劲儿，自己人得不得奖先放一边，对其他国家的得奖者要"人肉"出其三代来。嘴上说无所谓，实则骨子里的"诺贝尔奖情结"简直就浓得化不开。这里面包括媒体人、文学爱好者、外国文学研习者，以及相当一部分网民，还有就是出版商。不过，就近年来被邀请到中国交流访问的诺奖获得者而言，无论是大江健三郎还是巴尔加斯·略萨，其"接待规格"似乎都没有帕慕克高。

那就让我们来回顾一下帕慕克的中国之旅吧。

早在帕慕克他老人家到中国之前的一个多月，从网上到网下，已是敲锣打鼓，全面预热，不关心文学的人俨然以为要来中国的帕慕克先生是西方娱乐圈的某位大腕！某文化类大报是如此表述的："2006年诺贝尔文学奖得主奥尔罕·帕慕克无疑是近年来最受中国读者欢迎的诺贝尔文学奖获得者，当库切、耶利内克、哈罗德·品特等把普通中国读者挡在愉悦阅读门外之时，帕慕克非常适宜地出现了。"

这一段话在我来看就很是耐人寻味，我想搞清楚的是，库切也好，哈罗德·品特也罢，他们是如何把中国普通读者挡在了愉悦阅读门外的？而帕慕克又是怎么给中国的普通读者打开了愉悦阅读大门的？我估摸说这种话的人如果不是出于利益方面的考量，便只有一种解释，那就是他吃错了药。为了抬高某一位外国作家，却要拿一批较之更出色的外国作家做垫背，不是吃错了药又是什么？

照媒体上的说法，帕慕克在得知中方为其提供的行程安排后没有提出任何异议，属于"照单全收"，没有表现出半点"大牌"做派。于是，已然很红且形象很"正面"的帕慕克，又被我们的媒体事先赋予了"平易近人""谦和低调"等优良品质。然而，事实果真是如此吗？

中国社科院外国文学研究所特意为帕慕克举办了一场作品研讨会，除了社科院的人外，据说还有莫言、林建法、陈晓明等文学界人士参加。研讨会开始前，帕慕克就自己的写作经验做了简短发言。讲话结束前，他出人意料地说："我的作品里也有非常丰富的材料可以让大家进行不同的解读。每当我听到不同的解读时，我都觉得这些解读者在阅读我的思想，而这些思想是我想隐藏起来的。所以当面听大家的解读，对我来说，有点困难。"没等在座的人反应过来，帕慕克拎起搭在椅背上的西装便扬长而去（后来证明他是去逛王府井了），丢下一帮子专家跟作家，先是呆若木鸡，再是面面相觑。研讨会在帕慕克缺席的情况下还是按原有程序进行了下去，但是，所有的发言者面对的只是写着帕慕克名字的空空的座位，结果研讨会不得不提前结束。

有主办方负责人出来打圆场道："帕慕克很腼腆，不太愿意当面接受大家的恭维。他不在更好，大家可以狠狠地批评他。"可这位负责人最清楚，为研讨会租来的昂贵的同声翻译设备成了摆设；译员为帕慕克一个人把经过审定的所有发言稿翻译成了英文，这其中耗费的大量心血也随之付之东流。

另一位主办方负责人的话则显得别具一格，他说："帕慕克本来就不想参加研讨会，我们尊重他的决定。钱钟书也不喜欢参加研讨会，吃鸡蛋没必要认识下鸡蛋的母鸡。"

我以为问题不在于帕慕克是否乐意参加他自己作品的研讨会，而在于他既然事先没有明确提出异议，并且出于最起码的文明礼貌，他也不应该置众多对他无比敬仰的中国专家和作家于不顾扬长而去。同样，既然说什么"吃鸡蛋没必要认识下鸡蛋的母鸡"，那么，如此兴师动众地把这只"母鸡"三邀四请来中国做什么？这不是吃错了药又是什么？

接下来帕慕克在北京西单图书大厦签名售书时也没把他的热心读者们放在眼里。面对已经在西单图书大厦地下室苦苦排队等候了 3 个多小时的最后二三十位读者，不知出于何故，帕慕克突然就撂挑子不签了！对于读者们的愤怒，以及主办方的殷切恳求置若罔闻，且吼道："若让我签了最后这些读者，我就取消接下来在上海的签售！"最后还是在他随行的女朋友的出面相劝下，他才勉强同意了给最后这二三十位读者签名，但每人只限签一本，而且态度明显敷衍。

喜欢逛街的帕慕克因为在王府井小吃一条街上看到有土耳其烤肉卖，于是他便执意要留在那里吃饭，这原本也没有什么不正常。然而，却令我们的陪同人员如临大敌，生怕小吃街上的食品没有安全保障（比如涉嫌瘦肉精、三聚氰胺之类），大作家到时候再吃坏了肚子可怎么得了。但问题是，小吃街每天有那么多人在那里吃东西，中国人难道就不怕吃坏了肚子吗？就算帕慕克堪比国家元首待遇，国家元首该亲民的时候也得与民同乐啊！

到浙江，帕慕克一行前有警车开道，后有大批记者跟随，一个作家该有不该有的排场反正是都体会到了。他提出来游杭州西湖时要一艘古色古香的画舫，即使画舫上没有空调也没有关系。然而，当临游西湖之时，帕慕克却变卦了，说他不想坐船游西湖了。可是一笔不菲的租金已经给船家付过了。没想到，帕慕克却轻描淡写地说："小事一桩，实在不行，回头我把钱补给你们就是了。"但帕慕克后来补没补，我却没有看到下文，如果没有补，这笔钱作为主办单位当然也可以入账，但问题是，钱就这么无缘无故地打了水漂，这到底又是谁吃错了药？

然而，面对上述之件件种种，无论是主办方还是相关媒体，

Feri

帕慕克

我听到、看到最多的一句表述语却是："他的性情真是率真如孩童！"倒仿佛我们这厢都是一些粗鄙的大人，面对着的是一个聪慧、精致却又难免淘气且我行我素的孩子，除却应有的宽容之外，还需要更多的理解和呵护。这种莫名其妙、不分青红皂白的自恋中其实还掺杂着自卑，不是吃错了药又是什么！

作家当然是要有个性的，越是好的作家他的个性往往表现得越突出，但在个性之外，还应该有一些别的东西，谦和、尊重、与人为善都是必不可少的。我始终认为，有些外国人的臭脾气是被我们给"惯"出来的，因为我们不像美国也不像欧洲，帕慕克如果去美国，或许一两年的时间都不会有记者主动去联系采访他，但是我们对自己的文学实在太缺乏自信了，某些时候在文学上所表现出来的精神状态就像个吃错了药的人。

我相信这样一种说法，那就是诺贝尔文学奖对于帕慕克来说，也许更多的是一种被西方世界接纳的标志。尽管帕慕克自己以及我们当中的一些人都更愿意把他称为"欧洲作家""西方作家"，但其实他骨子里还是一位东方作家。土耳其只有 5% 的国土位于欧洲部分，95% 是在亚洲，如果说帕慕克作品的技巧是欧洲的，那么其作品的实质内容还是亚洲的，他不甚严谨的处事方式看起来也很像是亚洲的。有不少欧美作家在听到自己获得诺贝尔文学奖的消息时，往往并不认为自己从此与之前就有什么不同了，他们甚至不去领奖，而也有相当一部分作家却为自己诺贝尔文学奖得主的身份所累，比如帕慕克。恰恰帕慕克又碰到了比他还要看重诺贝尔文学奖的中国文人，于是，他的个性和本能就被激活了，咱就耍大牌了怎么着？谁让你们都跟吃错了药似的那么拿我当回事儿呢！

在帕慕克的作品里，他一直都在追寻土耳其民族的文化身份认同；在生活中，帕慕克也在寻找他自己的身份认同。遗憾的是，这两种认同他在土耳其似乎都很难找到。帕慕克说过："欣赏伊斯坦布尔美景的最佳地点，既不在西岸，也不在东岸，而是在连接东西岸的博斯普鲁斯大桥上。"他又说："文化上，特别是在文学上，我更是一个西方人。但在我的日常生活中，在我的城市，我更是一个东方人。但我想保持自己的距离。当我说桥上的风景更好时，我的意思是大桥不属于任何大陆。"

面对其作品中文版总发行量近 80 万册的事实，我想聪明的帕慕克应该不会不知道，他正在被我们的媒体、出版商以及某些一贯喜欢起哄架秧子、推波助澜的论者共同塑造成又一个与品位、与时尚有关的标签，哪怕他的作品读不懂，因而被误读，因而被解构；哪怕有人坐拥了帕慕克的全部作品却从未翻开过一页。这些都不重要，重要的是记住了他这个名字，而这个名字与时尚和高端大气上档次有关，与某些出版物的码洋有关，或许如上文所言那样与"幸福"有关。曾被贴过类似标签的还有卡夫卡、博尔赫斯、杜拉斯、卡尔维诺……他们的名字已经由小众进入大众的视野范畴，但他们的名字实际上对有些人来说与路易·威登、阿玛尼、保时捷等并没有什么本质上的不同。

在霍沃思，夏洛蒂、艾米莉，还有安妮

从车水马龙的伦敦前往位于北英格兰的西约克郡荒原，似乎比想象中还要遥远。

车下了高速，缓慢行进在被称为"大不列颠岛脊梁"的奔宁山脉的高丘缓坡之间，我仿佛一头扎进了另一个时空里的英国。这无疑是瓦特与牛顿诞生之前的英国啊！和萨姆塞特·毛姆与格雷厄姆·格林笔下的英国无关，甚至也和狄更斯书中工业革命后被烟霾困锁的英伦无涉，它能让我联想到的只有罗伯特·彭斯的荒原诗歌，还有托马斯·哈代小说里面的某些景物。啊，那满山遍野的紫色小花又是什么？难道就是传说中的石楠花吗？没错，这就是被三位天才女作家曾经反复描摹过的石楠花啊！还有那废弃的古堡，那难道就是——《呼啸山庄》里的画眉山庄吗？——有石楠花，有废弃的古堡，霍沃思果然已经近在眼前了。

在伦敦就听人讲，当你看到了石楠花，就等于看到了霍沃思。没错，石楠花早在100多年前就已然成为霍沃思的标签，全世界喜爱勃朗特三姐妹的人都知道。

英国人说霍沃思是一座小镇，我以为是抬举它了。在我来看，这里充其量就是一座小山村罢了。沿着村中心铺满鹅卵石的陡坡路缘山而上，经过几间门面不大的小店，在接近村子的最高点，即可看到不远处那座矗立于山坡之上、曾经孕育了三位世界级大作家的宅邸——一幢乔治王朝时期风格的青灰色石砌二层小楼。小楼被掩映在浓密的绿荫之中。楼外有一个石墙围成的小花园，将小楼与右侧的一片墓地隔开。而小花园的前方则正对着一座古老的教堂，女作家们的父亲老勃朗特先生在这里工作生活了差不多一辈子，成为偏僻的霍沃思以及周边一些村庄的村民们精神上的依傍。这位做过铁匠后靠自学考上剑桥圣约翰学院的牧师，一定是发自内心地爱着文学，在他每一回从山外带回霍沃思的行李箱中，装得最多的往往就是各类文学书籍。据说他会在那些个月明星稀的夜晚，用他浑厚的男中音给全家人朗读乔叟和弥尔顿的诗歌。除了阅读，老勃朗特牧师还喜欢绘画和音乐，他的这些艺术修为，无疑潜移默化地影响了他身边的四个子女——女儿夏洛蒂·勃朗特、艾米莉·勃朗特、安妮·勃朗特和儿子布朗威尔·勃朗特，但令老勃朗特万万没有想到的是，他四个孩子的名字有朝一日竟然都被载入英国的文化艺术史册，尤其是他的三个女儿，更是在世界文学史上闪耀着璀璨夺目的光芒。

我站在夏洛蒂的闺房中间，有一抹阳光透过窗子恰巧打在我的脸上。当初，娇小的夏洛蒂就是在那扇偏西的窗前夜以继日地创作《简·爱》。窗子外，是绿草覆盖的缓坡；缓坡上，是浓密的树林。说实话，有一刻，我有那么一点儿紧张，仿佛夏洛蒂还在这间房子里生活和写作，而且我仿佛还能听到女孩子们的高跟鞋踩踏楼梯的响亮蹬音，那个上楼最快的应该是安妮吧，那个比较缓慢的，应该是艾米莉……在我来看，夏洛蒂与艾米莉在性格上的差异其实决定了她们作品之间的巨大差异。在霍沃思她们二人各自的闺房内，我发现她们的绘画画风与作品笔迹都很不相同，倒是安妮瞧上去更加中规中矩。当然，三个女人的笔迹实话说真的很秀气，她们的绘画水平更是远远超出了我的想象，而且就连各自的编织与针线功夫瞧上去都不相上下。不过，要论胆识，还是姐姐夏洛蒂更胜一筹。1836 年，20 岁的夏洛蒂就把自己写的几首诗偷偷寄给了当时英国的桂冠诗人罗伯特·骚塞，关键是骚塞回信了，他认为文学根本不是女人的事业，而且在他看来，夏洛蒂在文学方面也完全没有特殊才能。这位"湖畔派"诗人决不会想到，正是这个他认为完全没有特殊才能的夏洛蒂·勃朗特仅仅在 10 年后就成为轰动英国文坛的作家。相比于天不怕地不怕的姐姐，艾米莉更沉迷于自己的内心世界，据说夏洛蒂曾直言不讳地告诉艾米莉她并不喜欢《呼啸山庄》的创作手法，相比而言，夏洛蒂反倒更欣赏小妹安妮的文笔。

　　这幢看上去格局很好的小楼内不仅有勃朗特姐妹温馨的闺房，甚至还有佣人的房间，这让我心中长久以来对《简·爱》与《呼啸山庄》作者们贫穷的认定产生了动摇。而事实上，这座小楼并非是老勃朗特的私产。在 18 世纪末 19 世纪初的英国，这种楼房是教区无偿提供给神职人员的住所，神职人员在此工作多久就能和家人无偿居住多久。从这一点来看，别无谋生手段的老勃朗特牧师，其长寿简直就是上天的刻意安排，是上天让这座小楼没有很快被收回，而在老勃朗特临终之前，又因为他三个了不起的女儿，这幢小楼由政府买下，遂永远地成为全世界文学读者心目中的圣地。

在这栋小楼内驻足流连，我仿佛看到了姐弟四人成长的全部轨迹。小时候，他们在二楼专门的游戏室内嬉戏玩耍，之后又在那里学习书画和手工制作。成人后，他们在琴房里弹琴，在书房里讨论文学、交流创作心得；三姐妹在闺房里思考人生，憧憬未来美好生活。在夏洛蒂的带领下，他们姐弟还创办了一份手抄的刊物——《年轻人的杂志》，自编自写自读。姐弟四人实际上形成了一个文学艺术沙龙，夏洛蒂显然是这一文学艺术沙龙的领袖，她作为年长者不仅是一个优秀的组织者，而且也具有良好的文学鉴赏力。她最早发现了自己和弟弟妹妹们身上所潜在的文学创造力，在开始创作小说之前便筹资自费出版了三姐妹在少女时代写作的诗歌，从而使她们身上的文学创造力得到开掘和发挥。终于，在 1847 年，三姐妹的三部长篇小说《简·爱》《呼啸山庄》《阿格尼斯·格雷》同时出版，犹如从偏僻的霍沃思投出的集束炸弹，一下子炸翻了英国文坛。就连当时英国的著名女作家盖斯凯尔夫人都不辞辛苦地从遥远的曼彻斯特赶到闭塞的霍沃思来拜访《简·爱》的作者。

霍沃思原本就是荒凉偏僻的山区，曾经人迹罕至，再加上勃朗特一家一向离群索居，因此供三姐妹游玩的地方只有环绕霍沃思的一望无际的荒原沼泽和西边的一座小山包。位于小楼西侧的这座无名小山包显然是霍沃思方圆几十里内的海拔最高点。在差不多每一个晴朗的日子里，三姐妹都会爬到这座小山包上，她们坐在石楠花花丛中，编织着各自作品中的人物，也憧憬着属于她们各自的爱情和未来。而说到爱情，令人遗憾的是，除了夏洛蒂，艾米莉跟安妮的爱情只能用空白来形容。而夏洛蒂的爱情之途也难说顺利，如果需要找一个"关键词"来形容的话，我以为这个词是"拒绝"。因为不是她在拒绝别人，就是别人在拒绝他。夏洛蒂在比利时布鲁塞尔求学期间爱上了她的老师赫格先生，却被对方屡次拒绝。霍沃思小楼内保存有一封夏洛蒂写给赫格先生的情书，用词华丽且炙热，像是一篇优美的言情散文。当然，夏洛蒂也先后拒绝过四位求婚者，直到第五位求婚者站到她的面前，她的芳心才开始被打动。这个叫尼古拉斯的爱尔兰人是老勃朗特牧师的助手，老勃朗特瞧不上他这个助手，因而极力反对，但夏洛蒂就像简·爱爱上了罗切斯特先生那样，义无反顾且破釜沉舟，于是有情人终成眷属。

既然是三姐妹常去也是最喜欢去的一座山，我一定要爬上去看一看，去坐一坐，去亲身感受一下为作家们创作出不朽著作提供灵感的地方。

从勃朗特一家居住的小楼前去西边的小山，需要先穿过教堂前的墓地。我在伦敦看到的墓地都很疏朗，墓碑间的间距很大；

而霍沃思的墓地却非常拥挤，墓碑与墓碑之间的缝隙很小，密密匝匝的。穿过了墓地是一条被遮天蔽日的绿植环绕的小径，把小径走到尽头，便是那条上山的路了。换句话说，也就是那条勃朗特三姐妹当年不知道来回走过多少遍的路了。

山路不算崎岖，也不算陡峭，只是鞋底的沙石多少有些硌脚，不知道当年三姐妹去山上玩的时候穿的都是什么鞋，是否硌脚？尤其是夏洛蒂，她闺房里展示有她当年穿过的鞋，那显然是属于一双小脚的，看上去只有33、34码的样子，不过，她笔下的简·爱倒是很能走山路呀，书中的简·爱像夏洛蒂一样的娇小玲珑，脚小脚大看来与能不能走路没有关系。

以文学的眼光去看，我最喜欢的当然是夏洛蒂。在《简·爱》中，有夏洛蒂本人和妹妹们生活的影子，但这并不代表《简·爱》就是夏洛蒂的自传体小说，更多荡气回肠的情节其实来自她非比寻常的想象力。在简·爱身上，夏洛蒂无疑挑战了当时的英国社会对女性的期望，通过主人公超越财富的对纯洁情感的追求，超越地位的对人格平等的追求，讴歌了一位弱女子寻求自我价值、个人尊严及经济独立的坚韧意志与大爱情怀。《简·爱》大量运用心理描写是其小说特色。全书构思精巧，情节波澜起伏，夏洛蒂还以抒情的笔法描写了主人公之间的真挚爱情和家乡霍沃思的独特风光，用现实主义嫁接浪漫主义的创作手法一扫当时英语文学创作中的虚幻、沉闷与保守。

而作为一个男人，我却本能地喜欢作为女人的艾米莉。艾米莉无疑是三姐妹中最漂亮的一个，身材也好。她诗中的某些句子在我来看，简直有仙女般的诱人之魔力。艾米莉的诗多少受到英国"湖畔派"诗人的影响，她热爱大自然，从大自然中获取创作的灵感，用诗抒发内心的复杂感情。她的诗充满美丽的想象和幻想，意境深远。但与"湖畔派"诗人不同的是，她在诗中流露出更多对生活、对人生的空洞幻想和幽怨情绪。她通过想象为自己虚构了一个诗的王国——贡达尔王国。她创作的大多数诗歌都与这个王国有关。她叙述这个王国里发生的一切，描写自己对这个王国的感情。她通过对从贡达尔王国放逐出来的女王的描写，影射了一个时代的动荡不安，表达了人民对和平美好生活的追求和渴望。艾米莉从少女时代就开始创作诗歌，英国著名诗人、评论家马修·阿诺德在《霍沃思墓园》一文中说过，艾米莉的诗歌大概是拜伦死后无人可比的，但她的小说《呼啸山庄》掩盖了她在诗歌创作上的光芒。说实话，我不是英美文学专业研究者，但我一直坚定地认为，威廉·福克纳的《喧哗与骚动》在艺术结构与表现形式上都深深受到《呼啸山庄》的影响，没有《呼啸山庄》应该就不会有后来我们看到的《喧哗与骚动》。

萨姆塞特·毛姆在 1948 年应美国《大西洋》杂志请求向读者介绍世界文学十部最佳小说，他选了四部英国小说，其中之一便是《呼啸山庄》，他在推荐文中写道："我不知道还有哪一部小说其中爱情的痛苦、迷恋、残酷、执着，曾经如此令人吃惊地描述出来。《呼啸山庄》使我想起埃尔·格里科的那些伟大的绘画中的一幅，在那幅画上是一片乌云下的昏暗的荒瘠土地的景色，雷声隆隆，拖长了的憔悴的人影东倒西歪，被一种不属于尘世间的情绪搞得恍恍惚惚，他们屏息着。铅色的天空掠过一道闪电，给这一情景加上最后一笔，增添了神秘的恐怖之感。"

而安妮呢？她则是我最想当作异性朋友的一个。她也很漂亮，有一头浅棕色长发，据说眼睛是紫罗兰色的。作为小妹，她总是温顺地躲在姐姐们的身后，安静地倾听姐姐们的教诲，总是把自己摆在较低的位置。而事实上，160多年来，她的作品曾经在不同时期受到过很高评价，只是有高潮有低谷而已，但一直占据着英国本土文学史中公认的经典位置。她的《阿格尼斯·格雷》被称为"英国文学史上最完美的散文体小说"。而且，在160多年前，她的小说是先于她的两个姐姐得到出版社编辑首肯的。

在安妮的长篇小说《阿格尼斯·格雷》中有这样一段话，可视为姐妹们当时生活的真实写照——"玛丽和我度过了多么快乐的时光啊！当我们坐在炉火前做针线活，在石楠花覆盖的山头漫步，或是在发出低吟的白桦树（花园里仅有的大树）下闲逛时，总会谈论我俩和父母未来的幸福生活，设想我们将来会干些什么。"

对于老勃朗特牧师来说，死亡一定是一个无法回避的话题，而霍沃思无疑是一个令他又爱又恨的地方。在霍沃思，先是他的夫人离他而去，再是他的两个大女儿在她们很小时便相继夭折，剩下的一儿三女也竟都无一活过40岁：1848年，布朗威尔因病去世；在布朗威尔的葬礼上，艾米莉感染了肺结核，她拒绝治疗，于同年年底去世，年仅 30 岁；1849 年，安妮因病去世，仅活了 29 岁。而夏洛蒂算是最幸运的，她 39 岁去世。而她们的父亲老勃朗特牧师，在送走自己的妻子以及所有儿女之后，以 84 岁高龄辞世，在 19 世纪中期的霍沃思绝对堪称奇迹。据史料记载，19 世纪前中期，霍沃思曾在 10 年内埋葬了 1344 位死者，处理不当的腐败尸体毒化了那里仅有的水源，导致霍沃思 40% 的孩子都在 6 岁前夭折，当时霍沃思居民的平均寿命只有 25 岁。夏洛蒂能活到 39 岁似乎算"高寿"了，而 84 岁辞世的老勃朗特牧师，简直就是"人瑞"。

一个人坐在石楠花盛开的花丛中，想着时光若倒回 160 多年前，姐妹们是否也像我这样坐在石楠花的花丛里？于是心中蓦地就有热流滚过，姐妹们的倩影也依次出现在我的眼前：夏洛蒂娇小端庄，艾米莉柔弱美丽，安妮青春健康，我随手从地上拔起几株石楠花，然后站起身来，我想把它们献给她们。给夏洛蒂的最少，一株，是因为她有尼古拉斯，在尼古拉斯的老家爱尔兰，许多人都记得她是爱尔兰人的媳妇；剩下的我都给了艾米莉和安妮，因为我是她们的读者和崇拜者，同时我也是一个男人，像这个世界上千千万万的男人一样，默默地爱着她们！

站在霍沃思的最高点，放眼四边，尽是茫无边际的原野。难道这就是姐妹们笔下著名的西约克郡荒原吗？看上去其实并不荒凉。苍天是如此的旷远和深邃，我还是头一次领略到层次如此多的蓝天，灰蓝、浅蓝、水蓝、深蓝、蔚蓝……蓝天下则是无尽的绿色草地，有疏疏落落低矮的灌木丛，有牛羊在低头吃草，有农舍，有教堂，还有阵阵冷风拂面而过，草木随之窸窣作响，空旷的原野时而鲜艳明亮时而又显得孤独凄凉，这可是 7 月的英格兰，一年中最热的月份啊……也许就是这西约克郡特有的景象，激发了姐妹们的无穷想象，在这油画一般浓墨重彩的背景下，夏洛蒂找到了坚强又脆弱的罗切斯特；而艾米莉则望见了希思克立夫，一个受到伤害而又得不到慰藉的卑微灵魂；安妮则看到了她笔下那些永远活在上个世纪里的人物，像这片荒原一样，古老又淳朴……

坎布里亚湖区，华兹华斯和那些文人

1

从西约克郡的霍沃思小镇到坎布里亚郡湖区，查阅 1:760000 的新版英格兰地图，感觉直线距离并不算远，似乎也只是隔着奔宁山脉。可当车子在路上跑起来之后却是丝毫都没有轻松的感觉。这一点在我从伦敦去勃朗特三姐妹的家乡霍沃思小镇时就已然领教过了。北英格兰一带的山地颇有点儿像是我们国内由山西吕梁山地向雁北高地过渡的地形地貌，许多路段虽不是太过险峻，却又足够曲折蜿蜒。纵贯大不列颠岛南北的奔宁山脉即是从坎布里亚郡延伸入苏格兰的邓弗里斯－加洛韦地区的。在古代，这一区域曾是英格兰人与苏格兰人反复争夺的战场，著名的哈德良长城便位于坎布里亚郡的湖区以北，古代凯尔特人时期所存留的神秘的卡塞里格巨石圈也位于湖区以北。哈德良长城虽无论从高度和长度上来讲都无法与中国的长城相提并论，但究其功能却完全一致，皆属于用来抵御外敌侵袭的人工建筑。我在去湖区沿途的路旁就看到了不止一处古代凯尔特人那种低矮的由大块石头堆砌的堡垒遗存，还有"圈地运动"时期残留至今的低矮的木制围栏，恍惚间倒有了某种穿越时空隧道的感觉。

道路虽曲折蜿蜒，有些路段甚至未免狭窄逼仄，但随着湖区的临近，其间所途经的每一座村镇，眼前所掠过的每一栋建筑，都仿佛是一帧帧美好到无须剪裁的画面。这些村镇中的房屋以早期的撒克逊式建筑风格为主，也有诺曼式、哥特式的建筑风格，但总的来说不多；那些撒克逊式的建筑看上去多半已经极其老旧，但即使年代再久，每一幢房屋的屋前也都种满了鲜花，或者是在窗台上用小栅栏围起一方精心搭配的花艺，或者是在檐下垂了一只小小的精致的花篮，于阳光的碎影中闪烁着岁月沙漏过滤而出的特殊光芒。

坎布里亚湖区面积广达 2300 多平方公里，其间分布有大大小小的湖泊十余个，英格兰最高峰——海拔 977 米的斯科费尔峰就位于湖区范围之内。坎布里亚湖区不仅是英格兰，同时也是全英国面积最大的国家自然公园。但是，吸引我来坎布里亚湖区的显然不是那些个于静谧中晶莹剔透的湖泊，甚至也不是残存的仅剩余一人多高的哈德良长城，吸引我来的原因其实只有一个——诗人威廉·华兹华斯与他的妹妹多萝西·华兹华斯创作与生活的地方"鸽舍",以及因坎布里亚湖区而诞生的"湖畔派文学"。没错,我就是来看这一对兄妹的。当然,作为"湖畔派文学"的另外两员主将——萨缪尔·柯勒律治与罗伯特·骚塞,同样不容错过。是的,至少在我来看,湖区是自然的湖区,更是文学的湖区。当"世界上最纯净的十四行诗",当"'湖畔派文学'与英国自然主义浪漫派文学发源地"的标签,当威廉·华兹华斯、萨缪尔·柯勒律治、罗伯特·骚塞、查尔斯·兰姆以及多萝西·华兹华斯这些英国文学史上响当当的名字,与坎布里亚湖区紧密联系在一起的时候,这里的湖光山色便不再是简简单单可供养眼的风景,而是拥有了足以养心的幽情与意境。

倘使把英国"湖畔派文学"中的几位代表性人物,与我之前拜访过她们故乡的勃朗特三姐妹做一比较,我以为,二者的不同之处不仅仅是小说与诗歌散文体裁的区隔,也不单是前者仿佛更加"入世",后者相对"出世",而是在色彩与味道方面的迥异或说分野。前者更接近于油画和中餐,浓墨重彩、煎炒烹炸;后者更接近于国画和西餐,泼墨写意、生冷微熟。倒是多萝西·华兹华斯与三姐妹中的小妹安妮·勃朗特尚有几分相似,叙事都是那么沉着,用笔都是那么娴静。安妮的作品说是小说但更倾向于叙事散文,而多萝西的日记体文学说是散文却兼有小说的细腻刻画,只可惜活着的时候她们互不相识,尽管她们所处的直线距离并不遥远——仅仅是隔着奔宁山脉。勃朗特三姐妹的故乡霍沃思小镇,位于北英格兰的西约克郡、北约克郡以及兰开夏郡的三郡交界处,属于著名的西约克郡荒原的中心地带,地处奔宁山脉的东麓；而华兹华斯兄妹所在的湖区以及"鸽舍"所在地格拉斯米尔镇则位于奔宁山脉的西麓向苏格兰高地缓慢过渡的地带。

勃朗特三姐妹与华兹华斯兄妹勉强能拉扯上的一点关系，便是夏洛蒂曾给湖畔派诗人之一的罗伯特·骚塞写过信。当时罗伯特·骚塞正住在坎布里亚湖区中心城镇凯西克的家中，作为彼时全英唯一一名英王钦封的"桂冠诗人"，领着300镑的年薪，日常除了自己吟诗作赋之外便是与华兹华斯兄妹及柯勒律治等人往来唱和。这位曾对夏洛蒂不屑一顾且断言此女"并无创作才华"的罗伯特·骚塞，他的名字虽然被永久地镌刻在了英国王室内的某一面墙壁上，但是如果不是搭"湖畔派文学"与十四行诗这一创作文体的便车，他的文学成就很难成为世界文学史中的哪怕一行。

2

7月的英格兰，原本该是最炎热的季节，但给人的体感却是凉爽舒适。自从来到北英格兰，我便换上了牛仔布的长袖上衣。前往湖区，这种凉的感觉愈发明显，越是接近湖区，天气愈凉；打开车窗，迎面吹过来的风完全是浸透了凉意的那种，间或还可以嗅到某种源自湖水的湿润气息。事实上，此次北英格兰之行，莫如说是一次文学的朝圣之旅。即便是在工业化重镇和有着足球城之称的曼彻斯特，我依然感受到了盖斯凯尔夫人的现实主义文学对那座城市的影响。当年夏洛蒂·勃朗特就曾经两次去曼彻斯特向盖斯凯尔夫人讨教文学创作的方法，而盖斯凯尔夫人也曾去过霍沃思小镇看望三姐妹，就目前所知，盖斯凯尔夫人是当时唯一一位前往遥远的霍沃思小镇看望三姐妹的已经成名的作家。

车子驶入湖区 A592 公路，沿着一条小溪流向南行驶，没过多远我便看到了一泓碧水。电子地图上面显示，这泓碧水便是与华兹华斯兄妹朝夕相处时间最长的格拉斯米尔湖了。它在群山环抱之中，山上深深浅浅的绿植形状皆倒映在了湖水之中，如同一幅幅晕染开来的欧洲早期的水粉画。看到了格拉斯米尔湖，我便知道，前方不远处应该就是在各版《世界文学史》中都曾经或多或少出现过的"鸽舍"了。作为华兹华斯兄妹的故居，他们二人最主要的文学作品都是在这里面创作完成的，他们所度过的最美好的一段时光也是在这"鸽舍"里。

"鸽舍"是一幢典型的撒克逊式英国乡村建筑，楼不大，院子也不大，院门很窄，白色的院墙也不高，垒砌的石块看上去很薄，一切都是那么低调，那么恬静，那么和谐。"鸽舍"一面临街，一面是花园。墙上爬满了青绿的藤蔓，上面开着淡粉色的小花，苍青的屋瓦上也生了许多暗绿的苔藓，流露出岁月古老的痕迹。

1795 年的时候，威廉·华兹华斯因为过分热衷于政治，令其监护人十分不满，遂切断其经济来源，威廉·华兹华斯的生活一时陷入窘困。而恰在此时，一位居住在彭里斯的名叫雷斯利·卡尔弗特的中学同学于临终前，将其遗产中的 900 镑赠予了他一直暗暗钦佩的威廉·华兹华斯同学。据说当律师在伦敦找到威廉·华兹华斯的时候，诗人张大了嘴好半天都合不拢。也是在这一年，威廉·华兹华斯认识了之后对他影响深远的文友兼好友萨缪尔·柯勒律治，见到了一开始并没能引起他好感的罗伯特·骚塞，那时候，来自遥远的布里斯托尔的工厂主的儿子罗伯特·骚塞还没有成为全英皆知的"桂冠诗人"，威廉·华兹华斯更不会想到自己最终所获的"桂冠诗人"称号也是接替死去的罗伯特·骚塞的。但不管怎么说，1795 年的确是一个不容忽视的年份，至少"湖畔派文学"中的三员大将开始同时出现于历史的舞台之上，"湖畔派文学"显然就要呼之欲出了。

从建筑的白色外墙、石板地面以及黑色镶嵌木板这些特征来看，可以分析出"鸽舍"应该建成于 17 世纪早期。18 世纪时小楼开了一家名叫"鸽子与橄榄"的小酒馆（这也是"鸽舍"一名的来历），酒馆停业后空置了几年，直到 1799 年 12 月 20 日那一天，威廉·华兹华斯和他的妹妹多萝西·华兹华斯搬了进来。华兹华斯兄妹最初来到"鸽舍"便深深地喜欢上了这里。威廉·华兹华斯感慨"这是眼睛和心灵都得到享受的地方"，并认为自己找到了"痛苦世界里安宁的中心"。而且这对兄妹还惊喜地发现，"鸽舍"一年的租金只需要 8 镑（一说 5 镑），于是便决定在此长租下来。搬到"鸽舍"几个月之后，威廉·华兹华斯如此写道："多萝西非常满意这所房子，她已经开始设想在斜坡的上面再建一所夏天的避暑房子了。"于是他们兄妹自己动手修葺了院里破损的台阶，在院子里种了不少能够食用的蔬菜，包括豌豆、大豆、胡萝卜和白萝卜，并且沿着院子的围墙栽种了许多金银花和玫瑰花。

走进"鸽舍"，内中的一切陈设都是按照华兹华斯兄妹当年的生活习惯摆放的。"鸽舍"中的房间普遍不大，家具和装饰看上去也很简单，整个"鸽舍"最好的房间应该就是华兹华斯的书房兼创作室了，但也只是摆着两张不大的书桌而已。在书房靠近窗台的那一侧，普通的白色花瓶里插着一束盛放的黄水仙，据说这是大诗人最喜欢的花。由大块石材所拼成地板和木条镶嵌的墙壁让"鸽舍"房间里的光线显得有些暗，不难想象，在坎布里亚湖区漫长而寒冷的冬天里，这里会是怎样的一番光景！也许就在那一个个昼短夜长的日子里，华兹华斯兄妹守着壁炉，听着窗外呼啸的北风，望着窗外冷冽的星光，各自捕捉着属于自己的灵感。从新版的《英国文学史》中我了解到，在19世纪第一天的早晨，威廉·华兹华斯就是在这间书房开始创作他的长诗《隐士》的。在"鸽舍"的9年，是华兹华斯创作精力最为旺盛的时期，他的《序曲》《听潭寺旁》《永生的悟颂》等传世作品都是在这里写就的。

　　威廉·华兹华斯与妻子玛丽的卧室在一层，房间里至今还留有他们使用过的水壶、洗脸盆。厨房面积相对书房和卧室来说比较大，除了做饭烧菜，还可供主人洗衣熨烫。多萝西在日记中说，她在这间厨房里自己烤面包、烘馅饼，也烤肉和鱼。他们日常的饮食据说非常简单，一日三餐中，有两餐都只有麦片粥。当时"鸽舍"里没有水，所有用水都是从流经院子的一道溪流里掬得。威廉·华兹华斯曾想在院子里打一口井，但最后没有成功。"鸽舍"虽然很小而且偏于简陋，但对于将近两百年之前的那一

批文人而言却无异于天堂，这里无疑就是养育"湖畔派文学"的
襁褓。"鸽舍"的座上客中不仅有柯勒律治和骚塞，还有以写
《伊利亚随笔》一书而成名的作家查尔斯·兰姆，有 19 世纪前期
英国的重要诗人和文学评论家德·昆西，更有来自大洋彼岸"新
世界"的著名思想家、作家拉尔夫·爱默生。

关于查尔斯·兰姆作为"湖畔派文学"一员的说法其实一直
都是有争论的。主要原因在于，兰姆虽然一生中无数次来到坎布
里亚湖区，并且与生活在湖畔的诗人们把酒唱和、探讨文学，同
时他也始终在追求"我手写我心"这一"湖畔派文学"的创作理
念，并且在对自由与浪漫的认知上与"湖畔派文学"的主将们并
无二致。但不同之处在于，当威廉·华兹华斯与萨缪尔·柯勒律
治把乡村、大自然、内心深处的崇高理想以及世间美好爱情当作
他们的讴歌对象时，查尔斯·兰姆却坚持以伦敦的城市生活以及
伦敦城市底层社会人群作为自己的描写对象；兰姆从城市的芸芸
众生中探寻出了饱含诗意的东西，并赋予日常生活中的凡人小事
以一种浪漫的奇妙异彩。所以，更普遍的观点是将兰姆归为"半
个湖畔派文人"，并且公认查尔斯·兰姆的散文与多萝西·华兹
华斯的散文同属于 19 世纪英国浪漫主义文学的重要组成部分。

3

1891 年，民间的华兹华斯基金会在伦敦成立，该基金会成
立后所做的第一件事就是永久性地买下了"鸽舍"产权，作为对

华兹华斯兄妹生活和创作的纪念。1981 年，紧邻"鸽舍"的一栋建造于 19 世纪的马房被改建成华兹华斯博物馆。这是全世界有关华兹华斯兄妹最权威的一座博物馆，拥有 6 万余件藏品，其中包括威廉·华兹华斯 90% 的已发现手稿以及多萝西·华兹华斯的《格拉斯米尔手记》等多部手稿。但可惜的是，我到"鸽舍"的那天，这座博物馆并没有开门，好像是内部正在修缮。

威廉·华兹华斯是在"鸽舍"里结婚的，妻子是相识多年的玛丽·赫金森。多萝西没有出席哥哥的婚礼，这对于这对终生没有分离的兄妹而言的确匪夷所思，也不禁让人充满遐想。而就在次年的 6 月份，就在玛丽临产的前几天，华兹华斯兄妹却又约上了柯勒律治一同前往苏格兰去旅行，这同样让人百思不得其解。

这次旅行是他们三人最长的一次旅行，几乎走遍了大半个苏格兰，并且在爱丁堡见到了刚刚出版了《苏格兰边区歌谣集》的瓦尔特·司各特。

我到爱丁堡的时候曾经去司各特的一处故居瞻仰过，当时我就想，华兹华斯兄妹与柯勒律治应该就是在这里见到的司各特吧！说实话真的很难想象当时的情景——彼时英格兰最好的诗人中的两位以及最好的散文家中的一位，与彼时苏格兰最好的诗人和小说家会面，这至少在我看来绝对不是一件简单的事情，而应该算是英语文学界的一件大事情。但是，更不简单的还有威廉·华兹华斯与萨缪尔·柯勒律治之间，以及华兹华斯兄妹之间的关系，有关他们的八卦至今在英国依然属于某一特定语境下的私密话题。

在搬到坎布里亚湖区之前，他们三个人在英格兰南部时就常常一起散步，一起讨论文学。多萝西说他们是三个身体，一个灵魂。他们三个人友谊的巅峰时期也是两位伟大的浪漫主义诗人和一位著名散文家创作的巅峰时期。

没有足够的证据表明威廉·华兹华斯与萨缪尔·柯勒律治之间的关系有多不正常，倒是有华兹华斯兄妹之间关系的很多记载，其中所透露的一些细节颇令人费解。要知道多萝西不仅仅是哥哥威廉·华兹华斯创作灵感的来源，在她中年生病之前的二十几年里，她还是哥哥作品的誊写员。多萝西不仅誊写，她还帮助哥哥改诗，她有自己独特的观点，而她的观点，威廉·华兹华斯几乎每次都会"照单全收"。多萝西是威廉·华兹华斯诗歌中的"亲爱的"，是他诗中的"艾米莉"，是他笔下的"爱玛"，还是众多学者与读者至今莫衷一是、争论不休的"露西"。在威廉·华兹华斯长达60余年的创作生涯中，他的妹妹如影随形、无处不在。她与哥哥一起旅行，一起生活，一起招待朋友，一起探讨作品，一起在创作中找寻灵感。

威廉·华兹华斯的很多作品都提到了自己的妹妹多萝西，例如《写给我妹妹》《丁登寺》等。有多种证据表明，他们兄妹经常一起结伴在广阔的湖区漫游。作为两个成年人，他们却喜欢做那种儿童才喜欢去做的游戏，比如：兄妹二人在丛林中并排躺下，假装是躺在坟墓之中。有的研究者认定两人之间必然存在着某种强烈的吸引力，他们之间即使没有乱伦的关系也可能存在乱伦的思想。1802年威廉·华兹华斯结婚，尽管新娘是多萝西自幼相识的好朋友，但她还是受到很大刺激以至于坚决不参加婚礼。但威廉·华兹华斯结婚以后，多萝西还是与兄嫂生活在一起，只是兄妹间的亲密度显然比不上哥哥结婚之前。

尽管有种种证据都在给人提供着暧昧联想，但说实话我不认为华兹华斯兄妹之间会有实质性的越轨行为，这与威廉·华兹华斯写了多少道德说教性的作品没有关系，也与我个人的道德认知没有关系，我更觉得他们兄妹之间是有着某种文人精神病式的隐秘情愫在作祟，非常人所能以常识推论之。后来多萝西的确罹患了严重的精神错乱且一直无药可医，倒是可以作为一种旁证。

威廉·华兹华斯在《丁登寺》里所写的诗句也多少印证了这对兄妹之间不同寻常的感情："这是她特殊的恩典／贯穿我们一生的岁月，从欢乐／引向欢乐；因为她能够赋予／我们深藏的心智以活力，留给／我们宁静而优美的印象，以崇高的思想滋养我们……"

4

1813 年，因经济拮据，在朋友的推荐下，威廉·华兹华斯得到了一个年薪 400 镑的湖区印花税税务官的职务，这令他不用离开湖区便可以获得一笔不菲的收入。说起来这原本不算是一件大事儿，却没承想引起了轩然大波。先是拜伦写文章讽刺华兹华斯拜金——拜伦之前一直与华兹华斯不睦，所以倒也不算奇怪；但雪莱之前是崇拜华兹华斯的，却因为此事站出来公开指责华兹华斯身上沾满了铜臭。

事实上这件事情也让我们国内的很多学者为难。要知道国内大量以研习"比较文学"安身立命的学者，最常见的一种认知就是拿我们的陶渊明、谢灵运、王维、苏东坡等与人家的威廉·华兹华斯等"湖畔派文人"做横向比较。而因为这一份年薪 400 镑的官差，威廉·华兹华斯显然就不能做"不为五斗米折腰"的楷模了，那么，他也就无法与陶渊明比肩，那他的那些作品里毫无烟火气似与大自然融为一体的文字莫非都是"假装"出来的？

其实，在我来看，能合情合理且不十分费力地拿到一笔钱，用以呵护和保障自己理想的践行，实在算不上是一件坏事儿。雪莱也无权要求华兹华斯兄妹必须在湖畔去过那种有上顿没下顿的生活。如果盖棺论定的话，三位"湖畔派文学"的领军人物中，威廉·华兹华斯是最能挣钱的一位，柯勒律治是最能花钱的，而骚塞则是最能攒钱的，据说罗伯特·骚塞到晚年积攒了 12000 镑，连伦敦的银行都将这位"桂冠诗人"当成是需要争取到手的大客户。

萨缪尔·柯勒律治与罗伯特·骚塞的家都在湖区的中心城镇凯西克。虽然同样是在坎布里亚湖区，但与华兹华斯兄妹的"鸽舍"还是有一段距离。不知道柯勒律治与骚塞是不是为了显示他们二人的志同道合，不仅买房买到了一起，而且还娶了亲姐妹作为各自的妻子。

我一直觉得把"湖畔派文学"中的几位核心人物团结到一起的人不是威廉·华兹华斯，而是萨缪尔·柯勒律治。作为当时英国的著名诗人，他的文学创作水准和鉴赏力之高被各方所公认；而作为朋友，他的身上则有着一种文人身上少有的亲和力。

柯勒律治当初在伦敦一所教会学校上学，班里有个同学特崇拜他，这个同学就是查尔斯·兰姆。少年兰姆十分仰慕高大帅气的柯勒律治，认他当了大哥。查尔斯·兰姆的命运比较不幸，他们一家都有精神病。1796年，兰姆的姐姐玛丽犯病，拿刀把母亲给捅死了，那一年兰姆21岁。兰姆跟他姐姐感情很好，俩人都没结婚，一起生活了30年，还领养了一个孩子。那本著名的《莎士比亚戏剧故事集》就是他们姐弟一起编撰的。查尔斯·兰姆本人也曾在一年左右的时间里精神错乱，这成为他的终身阴影。从目前所知道的情况看，早年的柯勒律治有点儿像个问题少年，他不喜欢自己的名字，总是爱给自己起各种各样的假名。他用假名参了军，结果因为军事训练没过，上级让他去当了部队医院的护士。除了当男护士，柯勒律治还替人写情书。这个天才诗人终生都有比较严重的疑病症，他常跟别人说自己有痛风、肾结石、丹毒、尿道炎、肝硬化等，为了缓解这些病症，柯勒律治一生都没有离开鸦片。

柯勒律治经常会来"鸽舍"看望华兹华斯兄妹，在书房里听威廉·华兹华斯滔滔不绝给他讲人生的大道理，像个听话的好孩子；可回到凯西克，他却继续与他的鸦片烟恋战，然后兴奋得睡不着觉便熬夜写诗教诲读者。

5

　　威廉·华兹华斯曾在一首诗中写道："我好似一朵孤独的流云／高高地飘游在山谷之上／突然我看到一大片鲜花／是金色的水仙遍地开放／它们开在湖畔／开在树下／它们随风嬉舞／随风飘荡。"

　　这正是坎布里亚湖区春夏两季的真实写照。即使是在将近200年后的今天，在这片依然没有被工业与高科技过多染指的土地上，依旧能够看到威廉·华兹华斯在作品中所勾画的很多景致。评论家和画家罗斯金曾经称威廉·华兹华斯为那个时期"英国文坛上最伟大的风景画家"。的确，静下心来想一想，在那个时代，同样作为天才诗人，拜伦的笔下是希腊，雪莱则在不厌其烦地赞美着意大利，司各特在讴歌苏格兰，穆尔则在赞颂着爱尔兰。而英格兰呢？只有威廉·华兹华斯，只有他在为英格兰颂唱。他饱含激情、浓墨重彩、不厌其烦地讴歌着英格兰的美丽山川；他对坎布里亚湖区的每一棵草木、每一块石头都充满着敬意。他的诗歌中的确不乏大量说教，可那是一个时代的文学特征啊！最难能可贵的是，英国诗歌是从威廉·华兹华斯这里，才开始摆脱了十四行诗日益"贵族化"的倾向，是他赋予了这一文体更加清丽的风格。威廉·华兹华斯让农民以及社会底层的小人物们纷纷出现在他的作品里，从根本上动摇了英国古典主义诗学的多年统治。威廉·华兹华斯认为，农夫的语言只要剔除其糟粕就是最美的语言，因为这一类人时刻都在与最美好的事物接触，而且因为所处的社会地位低下，所以他们所受的社会虚荣影响最小。威廉·华兹华斯说："诗，是来源于以宁静的心情回忆起来的感情。"

"朴素生活，高尚思考"是威廉·华兹华斯留给这个世界的名言，也是牛津大学奉行至今的格言。威廉·华兹华斯相信在日复一日与自然亲近的朴素生活中，人类心灵的各种基本感情都可以找到自己适宜的生长土壤，其间所受到的限制最少，而且可以用比较简洁明确的语言加以描述。他相信文人在这种状况下，可以对人类的各种基本感情，得出比其在城市生活中更为精确的观察结论。

让英国诗歌从古典主义诗学的统治下解放出来，威廉·华兹华斯无疑是革命性的人物；但同时他也是古板的，因为坚信只有与自然融为一体的状态才可以创作出"真正"的文学作品，他几乎不喜欢那个时代所有后起的青年作家。

1843 年，已经 73 岁的威廉·华兹华斯在伦敦见到了只有 31 岁的狄更斯，骨子里对年轻作家不屑一顾的他和朋友谈到了对狄更斯的印象，"我不喜欢对我遇到的人妄加评论，可是你一定要我说，我倒愿意坦白承认，我本以为他（狄更斯）是个健谈而粗俗的年轻人——但是现在，我想，他也许非常聪明。请注意，我不想批评他，因为我从来就没读过他写的一个字"。而当有人问及狄更斯对威廉·华兹华斯的印象时，狄更斯说："喜欢他？绝不！"我们不能简单去评判华兹华斯与狄更斯之间的孰是孰非以及他们在文学成就上的高下，就像我们无法拿一匹斑马去比较一只河马，我们只知道：它们都很珍贵！

当坎布里亚湖区的天气渐渐暖和起来的时候，格拉斯米尔镇上那家卖炸鱼薯饼的店前就会排起长队。排队的人多半是来湖区的旅游者。人们捧着炸得金黄的鳕鱼，坐到湖边，一边望着水中惬意地梳理着羽毛的天鹅和野鸭，一边品尝着美食。他们当中只有少数人会去"鸽舍"，不是因为不方便，而是因为说到"湖畔派"嘛，对于当下以秒表计算的快节奏生活而言，是不是太遥远了些呢？

很多人提到威廉·华兹华斯都会想起中国的田园诗人陶渊明，认为二者颇为相像，而剑桥大学文学教授戴维·米达伦则不同意这种看法，他认为威廉·华兹华斯更像中国的白居易，因为他的诗歌中对自然的描写是出于一种热爱和激情，而不是以回归自然的方式来逃避现实，威廉·华兹华斯从来都没有离开过现实。

晚年的威廉·华兹华斯是孤独的。1834 年，萨缪尔·柯勒律治与查尔斯·兰姆去世；1843 年，罗伯特·骚塞去世，威廉·华兹华斯从骚塞那里继承了英国"桂冠诗人"这一称号。1831 年，多萝西·华兹华斯患动脉硬化瘫痪，随之神智严重混乱，她在轮椅上度过了余生的 24 年，守着终年不灭的壁炉，即使是夏天，她也不允许壁炉里的火灭掉，让人不由得联想到狄更斯《雾都孤儿》里的那个老女人。多萝西一生写过九部作品，其中《格拉斯米尔手记》和《苏格兰漫游回忆》是最具代表性的两部。谈到英国18—19世纪女作家的时候，早已有人将多萝西·华兹华斯与简·奥斯汀、勃朗特三姐妹、乔治·艾略特相提并论。与其他几位女作家不同的是，多萝西的写作没有丝毫功利目的（她的多部手稿还是20世纪30年代租住在"鸽舍"以写《彼得兔的故事》而成名的女作家波特在柴房里发现的），她只是为了捕捉生活中一闪而逝的瞬间以满足自己的好奇心。她对大自然的描绘极具想象力，她的语言极为生动，散文优美得像诗歌一样。

　　除了格拉斯米尔湖，湖区内的里代尔湖、温得米尔湖、康尼斯顿湖和维斯博恩湖等都是华兹华斯兄妹经常涉足的地方。他们躺在湖畔的草地上，坐在田间，谈文论诗，看远处的湖光山色，谛听自然的声音和自己内心的悸动。

　　7月，的确应该算是坎布里亚湖区最好的时光，漫山遍野色彩各异的花朵在争奇斗艳，点缀着墨绿色的大地，铺满了一条条湖畔的道路和小径。

　　离开"鸽舍"，我沿着"鸽舍"旁向南的一条山路径直走了上去。走了大约有一刻钟的样子，视野陡然变得开阔起来：两侧是牧场的围栏，举目是长满青草的绿色山峦。当我登上一个被绿草覆盖的小山包后，看到了不远处放牧的绵羊与牛群，这些生灵都在低头悠闲地吃草；向下望能看到格拉斯米尔湖的一角，有层叠的树影倒映在朦胧的水面上，仿佛是列维坦的一幅油画。我不清楚在将近二百年前，华兹华斯兄妹是否曾到这座小山包附近来过，对了，还有柯勒律治和骚塞，我想，他们一定应该是来过的吧！我躺倒在草地上，看到天上有几缕云丝在浮动，当年的"湖畔派"文人们是否也像我这样躺倒在草地上望着天空呢？我们望着的是同一块天空吗？至少在那一时刻，我是认真地在想这个问题的，就像我同时也在认真地想：什么时候我们的文学还能与大自然如此亲近？什么时候大自然的美还能像在"湖畔派"文人的笔下那样，不断地幻化出瑰丽的诗篇来？

稀缺的勇气　泛滥的表演欲

三岛由纪夫与太宰治

　　位于东京的多摩灵园是日本第一座公园型的公共墓地，作家三岛由纪夫、吉川英治、向田邦子、江户川乱步都葬在这里。多摩灵园有一个特点，那便是野猫遍地。说是野猫，但这里的野猫却与别处的大不一样，它们用不着四处辛苦觅食，因为总会有人按时来给它们喂食。而在这些喂食者中，相当一部分都是三岛由纪夫的粉丝。因为三岛由纪夫爱猫，生前曾被称为"爱猫派作家"。他被葬在这里，终日有他喜爱的猫来陪伴，一定会十分开心吧！不过让三岛由纪夫不开心的事儿也有，那便是在离多摩灵园不远的地方，有一座建在寺庙旁的灵园——禅林寺灵园，那里埋葬着三岛由纪夫最看不起的一位作家——太宰治。生前，三岛由纪夫曾说自己死也不想见他。事实上，三岛由纪夫头一次见到太宰治后就私下里对他人讲："太宰治气弱，人也很讨厌。"

说起来在作家这一类人当中小心眼儿的委实不少，爱使"小性儿"的作家也比较多，但若使用"文人相轻"来形容三岛由纪夫与太宰治的关系，难免庸俗。我以为，个中缘由其实说复杂也简单，那便在于二人实在是太像了，虽然貌似三岛由纪夫比太宰治更"阳光"一些，但实则二人骨子里皆缺少勇气并都具有很强的表演欲。打从来到这个世界上那天起，他们二人相似的性格与命运基本便被注定了。

三岛由纪夫是作家的笔名，其本名叫平冈公威。同样，太宰治也是作家的笔名，其本名叫津岛修治。二人皆出身于显赫人家，前者系东京的官僚贵族家庭，后者系地方的名流财阀大户。三岛由纪夫自小由贵族出身的祖母一手带大，女性化性格突出，身体也比较贫弱；太宰治则是由其姑母和保姆共同带大，一直到成年，都生活在女性环绕的环境之中，其天性敏感，身体同样偏瘦弱。从目前能找到的资料来看，两位作家在少年时期都是较为内向同时也是相对胆小、缺乏勇气的那种孩子。

在文学创作的风格上，二人看似大相径庭，实则殊途同归。三岛由纪夫的文字往往是在其唯美的表象下，普遍归于一种破灭的凄楚；而太宰治则是日本"私小说"的旗手，他笔下的人物与故事都带有一种幻灭感，像极了樱花凋谢季节里在空中凋零飘舞的樱花瓣。即使三岛由纪夫自己不承认，当时也有评论家看出了这一有意思的现象，那就是三岛由纪夫与太宰治在文学创作的风格上存在着某种内在的一致性。三岛由纪夫对太宰治的轻蔑或说是有意无意的忽略，我想或许是一种类似于从镜子中看到了另外一个自己的缘故吧。太宰治是日本战后和川端康成、三岛由纪夫齐名的重要作家，但他显然也不太喜欢川端康成与三岛由纪夫，个中原因说起来可能会比较复杂。太宰治崇拜的作家有两个，一个是芥川龙之介，一个是森鸥外。因为喜欢芥川龙之介，太宰治不惜学芥川龙之介那样去自杀；因为喜欢森鸥外，太宰治生前就给自己联系好自己死后要下葬的墓园——禅林寺灵园，因为森鸥外也埋葬在禅林寺灵园。

虽然太宰治是日本文学史上最重要的作家之一，但无论他的作品多么出名，都比不过他的死出名，因为他竟然自杀了五次，是日本自杀次数最多的作家。太宰治的每一次自杀都是日本媒体报道的重点，也成为市民街谈巷议的话题，这种不断的"表演"，同时又不断地被"关注"，无疑令三岛由纪夫感到不爽。

我一直觉得，三岛由纪夫的死与太宰治或多或少是有一些内在关系的。太宰治一次次的自杀未遂，三岛由纪夫肯定都是十分关注的。他瞧不起太宰治，应该首先是瞧不起太宰治的死法，因为无论是上吊还是投河，都不符合日本所谓男人传统的自杀方式；再一个便是太宰治的自杀有三次是和喜欢他的女人一同而去，也就是所谓的"情死"，这无疑属于是一种能够获得同情以及博得大众眼球儿的死法。其中有一次，那个喜欢太宰治的姑娘真的死了，而"主谋"太宰治却神奇地得救了。一直到最后一

太宰治

三岛由纪夫

次，那个叫作山崎富荣的女子用自己和服上的红色绳结将她和太宰治的手穿过对方的腋下系在了一起，然后相互紧紧抱住对方的头，投入了东京西郊的玉川上水……

与太宰治相比，三岛由纪夫的表演欲其实更强。他甚至还在他30岁左右的时候出演过电影。他上健身房运动，会事先通知记者，以期受到媒体的关注，他把自己一身腱子肉的照片送给过许多人，这充分体现了三岛较强的表演欲望。三岛由纪夫切腹自杀时，先是煽动在场的自卫队队员搞武装政变，因此还发表了充满狂妄思想的演说，却不仅未能使自卫队员们揭竿而起，反而引得嘘声一片。于是他羞愤至极剖腹，但也未能成功，最后在同行者的帮助下费了一番工夫才算了结，场面极惨。不少作家赶到现场，但只有川端康成获准入内，却没有见到三岛由纪夫的尸体。这些作家能够第一时间赶来，有人说可能由于三岛事先的通知。所以说，我觉得他骨子里还是个喜欢争风斗气的文人，他无疑是要表现出比他所看不上的太宰治更有勇气，但他却将这一次所谓勇气的展现变成了一场比太宰治要惨烈得多的表演。

莫言说得对，他曾说："我猜想三岛一生中最大的遗憾是不能看到他死后的情景，他一定千百次地想象着他剖腹后举世轰动的情景，想象着死后他的文学受到世界文坛关注的情景。他也许常常会被这些情景感动得热泪盈眶，但热泪盈眶罢，遗憾更加沉重。这是无法两全的事，要想达到这些目的，必须死，但死了后就无法看到这些情景。"莫言还说："我猜想三岛其实是一个内心非常软弱的人。他的刚毅的面孔、粗重的眉毛、冷峻的目光其实是他的假面。他软弱性格的形成与他的童年生活有着直接的关系。那么强大、那么跋扈的祖母的爱病态了这个敏感男孩的心灵。"

事实上，从心理学的角度来分析，天性软弱的人，尤其会在意他人对自己勇气的评价，为此而不惜放大所谓的"勇气"以应对原本无须去重视甚至根本子虚乌有的外部评价。因而这种"勇气"往往是夸张的，是"为了怎样而要怎样"的，文学创作方面的成就按说也是自身表演欲的实现，但对某些作家而言，实现过后其内心会更加焦灼，所带来的经常是这样两种结果：要么睥睨一切，要么万念俱灰。

福克纳与海明威

在美国文坛，威廉·福克纳始终与欧内斯特·米勒·海明威不睦，说他们相互瞧不上也没错。

相比而言，福克纳无疑对海明威显得更加挑剔。而海明威在公众场合貌似轻松自信，对福克纳的"冷言冷语"不屑一顾，实则在私下里常常会"出离愤怒"。

福克纳诟病海明威最多的恰恰是海明威最不缺乏的"勇气"。1947 年，福克纳被媒体要求评价当代美国作家，他坚决拒绝了，但当记者提到海明威的时候，他却冒出来一句："在创作上他缺乏勇气。"就是这句话令海明威大发雷霆。这或许令人费解，因为在多数人看来，往往以硬汉面目示人的海明威，就像他《老人与海》中的主人公一样，与外界较量的恰恰就是其超凡的勇气。实际上，福克纳说这句话的意思是：海明威的文学创作天地比较狭窄，而海明威自己却没有勇气去摆脱。但海明威不管这些，孩子气地让一位他与福克纳共同认识的将军朋友来为他的"勇气"正名。那个将军朋友煞费苦心地写了三页纸的信给福克纳来证明海明威在战场上是多么的英勇无畏。但福克纳看过信后似乎并不买账。就目前所知，福克纳与海明威生前只有过一次通信，信的内容却不得而知。比较要命的是有一回，多事儿的《纽约时报书评》的编辑把福克纳写给他们的一封信转到了海明威的手中，福克纳在那封信中说："海明威说过作家应该抱成团，就像医生、律师和狼一样。我觉得在这句话里，机智、幽默的成分多于真理或必须，至少对海明威来说是如此，因为需要勉强抱团否则就会消失的那种作家，就像待在狼群里才能是狼、单独活动时便仅仅是一条狗的狼一样。"福克纳在这封信里，实际上还是涉及作家的"勇气"问题，他仿佛是在说，有些作家（大约就包括海明威）只能凑在一起，靠所谓的"组织"才能突显其个人力量，因为他们自己难以独当一面。

海明威显然被激怒了，他对这封信的回击是："只要我活着一天，福克纳就得喝了酒才能为得到诺贝尔奖而高兴。"

抛开作家之间的所谓"相轻"或不买账，单就勇气而言，海明威应该占先。不仅仅是因为体魄，还在于他对外部事物的参与程度。而说到表演欲，海明威显然要比福克纳强得多，从西班牙到米兰，从巴黎到古巴，留下了太多海明威的故事、逸闻、情债和影像。相比而言，福克纳很少照相，他的故事虽说也算丰富，可与海明威比较，就乏善可陈了。

福克纳没有建立过自己的文学理论，他好像根本也没想过这事儿。即使是对那些评论家，他也从不买账。人们不清楚他想什么，他本人既不解释也不提供线索，甚至对于人们在文章中对他生平的讹传也从不更正。有不少人说他是"乡巴佬"，他不在意；更有甚者，就连他的姓氏被媒体搞错了，他也不更正，而只说："怎么拼写都行。"他只是埋头写自己的作品，对自己已出版的小说关注很少，有的他甚至自己都没留下一本。他说："想当作家的人才看评论文章，想写好作品的人可实在没有时间去拜读。"他甚至不承认自己读过同时代其他美国作家的作品。只是在 1955 年的时候，他受邀在日本长野县演讲，之后被日本记者不断追问，他才承认，自己读过一些同时代作家的作品。

海明威与福克纳无疑代表了两种类型的作家，又各自体现了别样的勇气。福克纳对海明威的赫赫战功"不当回事儿"其实也事出有因，因为他本人也不是个胆小鬼。早在第一次世界大战时，福克纳就报名参军，但因为"瘦小"并且体重不够而未能被美国陆军接受。于是他又报名参加加拿大军队的体检，而且成功通过了体检，成为加拿大皇家空军的一名见习飞行员。

事实上在福克纳活着的时候，他几乎没有"表扬"过任何一位与他同时代的美国作家，包括后来以他为代表的美国南方作家中的那些重要作家。比较例外的是托马斯·沃尔夫，托马斯·沃尔夫以长篇小说《天使，望家乡》成名，福克纳的原话是："我

海明威

认为我们都失败了（就我们谁也没有达到狄更斯、陀思妥耶夫斯基、巴尔扎克、萨克雷等人的高度而言）。但沃尔夫失败得最光辉，因为他具有最大的勇气：敢于冒犯低劣趣味、笨拙、乏味、沉闷等错误的危险。"

有人认为实际上福克纳这也难说不是一种"表演"，因为始终刻意表现出对他人的作品从不关注，以突显自身的高傲。当然这需要一种勇气，一种不在意任何他人误解和外界攻击的勇气。但作为一位有世界声誉的大作家，福克纳似乎具有这种"特权"——睥睨文坛的特权：至少对同时代的美国作家，我就是谁也瞧不上，我就是这么拽，爱咋咋地！

奥威尔与佩索阿

比起美国人的狂野，英国人会内敛一些，但总有特例。比如说英国作家乔治·奥威尔。乔治·奥威尔绝对算是这些年来在中国最有影响力的外国作家之一。据说乔治·奥威尔的《1984》和《动物庄园》改变了许多普通读者对外部世界的看法。

毕业于英国著名的伊顿公学的乔治·奥威尔，没有像他的同学一样去剑桥或者牛津继续深造，而是跑到了当时的英国殖民地缅甸去当警察，后来还在缅甸做过下层仆役，这对于一个有文化的白人来说简直不可思议。但对有志于文学创作的奥威尔来说，这却是他选择"不走寻常路"的开始，这种选择当然需要勇气，同时也是他强烈表演欲的某种外在表现。回到英国，有四年的时间奥威尔都是居无定所、到处流浪,这时候虽然他已写作,却从来不以作家的面目出现,虽然短暂做过书店店员和码头工人,但他最喜欢做的还是把自己装扮成一个流浪汉,四海为家,有时候就睡在公园里或者火车站的长椅上。这显然是一个长着反骨的人,他不怕以这种面目去面对那些衣着光鲜的伊顿公学的同学,他似乎刻意要将自己与主流社会相悖的一面展现出来,且要展现得淋漓尽致。

奥威尔去巴黎,第一天他的钱包就在最廉价的风月场所被人偷走了,钱包装着他所有的钱,于是他又跑到一家小餐馆里当了洗碗工,一周工作 6 天,一天工作 13 个小时。当他终于靠写作开始在文坛崭露头角,西班牙内战爆发了,他第一时间奔赴西班牙去参战,比当时大洋彼岸的海明威还要决绝。

奥威尔来到西班牙的巴塞罗那,当几乎所有志愿参战的外国知识分子都加入了由西班牙共产党所领导的国际纵队时,奥威尔却阴差阳错地加入了西班牙马克思主义统一工人党(简称“马统”)所领导的武装力量。“马统”是一个激进的左翼小党派,奥威尔被派往前线作战。在前线,奥威尔被称为“最勇敢的战士”,他简直就是个不要命的疯子,他端着机关枪、高声叫骂着冲在队伍的最前面,敌人在他的面前一个个倒下,他也不幸身负重伤——一颗子弹射中了他的喉咙,差点让他送命。不能说奥威尔在西班牙所表现出来的非凡勇气是“表演”出来的,这个时候,所谓作家的身份与他没有半毛钱关系,他就是一名真正的战士。就像他后来所说的,他向前冲的时候什么都没想过,就是想“勇猛,再勇猛些!"

　　然而,就在奥威尔被送往巴塞罗那的医院治疗期间,西班牙共产党开始清洗"马统","马统"成员被有组织地捕杀。奥威尔由于伤病住院才躲过一劫。出院后,他开始东躲西藏,最后在英国驻西班牙大使馆的帮助下才逃离西班牙。这些经历对奥威尔的触动极大,从此他开始专心写作,他的写作站在中立立场,这使他在"左翼"和"右翼"两边都不讨好。原本可以很快成名的奥威尔,却经过了几十年的沉淀才终于被人们所接受。我以为奥威尔与其说是一个作家,不如说是一个有正义感的忠实记录者,只是他赋予他的"记录"更多的文学性罢了。

　　就在西班牙内战爆发的前一年,在与西班牙接壤的葡萄牙的首都里斯本,一个叫费尔南多·佩索阿的人去世了。他是一个普通公司里的普通职员,像卡夫卡一样,过着朝九晚五的标准庸常生活,然而他在文学上被发现至少比卡夫卡晚了 30 年。他对里斯本这座本来就不大的城市的了解,主要就是他上班和下班的那条路,他所熟悉的地标也只是里斯本老城的那几家书店。然而,每当夜幕降临,他就像歌手赵传所唱的一样:"每一个晚上 / 在梦的旷野 / 我是骄傲的巨人。"正所谓白天黯淡,夜晚不朽。

　　在葡萄牙语中,"佩索阿"是面具的意思。佩索阿的确是戴着面具的文人,他一生用过 70 多个笔名。其实也不能叫笔名,说是假名更为确切,因为这些作品的立意、思想、风格都大相径庭。如果不知道这些作品的出处,谁也想不到这些作品会出自同

乔治·奥威尔

一个人之手。佩索阿秘密地为自己创造了几十张迥异的"面具"，他们各有不同的外形、个性、生平以及思想、政治、美学、宗教立场，相互之间有书信来往，互相品评、翻译彼此的作品，有的甚至还有亲属关系或合作写作，共同组成了一个辉煌的交响乐团，各有其独特的声音，合起来又能演奏出丰富的乐章，佩索阿既是谱曲者又是这个乐团的指挥。问题是，他为什么这么做？这么做的意义何在？理解佩索阿是很困难的，阅读佩索阿也是很困难的，因为他似乎并不想让他人理解或者读懂，尽管生前他并不拒绝给报刊投稿。费尔南多·佩索阿从 17 岁之后直到他去世的 30 年里，几乎没有离开过里斯本一步，他每日都像个安心在公司终老的上班族一样按时上下班，晚上则待在家里面写作、酗酒，直到他病逝。他没有行万里路的经历，没有打过仗，没有结婚，没有孩子，没有杰克·伦敦那样的沧桑坎坷，更没有奥威尔的勇猛无畏，他甚至都没有离开过葡萄牙的里斯本老城；他一生只爱过一个人，就是他们公司里的打字员奥菲莉娅·凯洛兹。他们之间的恋情主要都是通过书信来传递，这让人不由得想起来卡夫卡和他的书信情侣米伦娜。

有人说，与卡夫卡相比，佩索阿的世界更接近于无垠。卡夫卡凝结在自己的作品深处，像一尊雕塑，佩索阿则消失在自己的作品中。卡夫卡在废墟中成就了自己，佩索阿则在内心中成就了自己。佩索阿另一个与卡夫卡的不同之处在于，他有一种不可阻挡的温柔气质。美国文学批评家哈罗德·布鲁姆在《西方正典》中说佩索阿是"令人惊奇的葡萄牙语诗人，此人在幻想创作上超过了博尔赫斯的所有作品"。俄国文学评论家罗曼·雅各布森说佩索阿应当与20世纪的那些大艺术家相提并论，如斯特拉文斯基、毕加索、乔伊斯、布拉克、赫列布尼科夫、勒·高尔比耶，因为费尔南多·佩索阿集这些艺术家的特点于一身。

佩索阿早年丧父，不知是否有人注意到，丧父这一点对一个好的作家、思想家非常重要，是成为思想者的先决条件。思想往往产生于父亲缺失的背景下或紧张的父子关系中。卡夫卡和克尔凯戈尔虽然没有早年丧父，但他们都是为了摆脱父亲的强大阴影而开始写作的。佩索阿同样如此，他不光早年丧父，同时还要摆脱身为官僚资产者的继父所给他带来的巨大阴影。为此，他甫一成年便拒绝了家里为他设定好的那众多条"光明"道路，而选择了做一名普普通通的小职员。佩索阿的勇气在于，在一个追名逐利只争朝夕的时代，他却勇于"没有自己"，他的70多个假名已经注定了他很难"出来"，因为没有人知道哪个才是真正的他。佩索阿的勇气还在于向内心去无限拓展挖掘，当"生活才是文学的真正源泉"这一理论被广为接受的时候，他却誓要与自己的内心纠缠到底。不可否认，佩索阿又是一个表演欲极强的文人，因为他的那些用假名所成就的大相径庭的众多作品，往往都在相互交集，相互鼓掌，相互争论乃至相互膜拜，佩索阿的内心世界实在是太过丰富，他完全用不着表演给他人看，他只要表演给自己看就行了，只要表演给自己内心那无数个不同的文人看就OK了。

虽然佩索阿生前从未期待，但在1985年10月15日，为纪念被重新"发现"的佩索阿逝世50周年，葡萄牙政府举行了盛大的迁葬仪式，将他的遗骨从公墓移至里斯本热罗尼莫大教堂的圣殿，供人瞻仰。这里也安放着被称为"葡萄牙文化圣者"的 16 世纪大诗人卡蒙斯的灵柩。

赫塔·米勒与凯尔泰斯

赫塔·米勒出生于罗马尼亚西部的蒂米什瓦拉的德裔家庭，在她 34 岁那年，她与丈夫——同为小说家的理查德·瓦格纳一起移居德国。虽然在 1982 年，她的小说集《低地》经过删改后已经得以出版，但其文学创作的真正开始，并不在罗马尼亚，而是在德国。她以流亡者的身份在德国用德语写罗马尼亚的故事，成为其写作的重要特征。她在公开场合从未说过自己是罗马尼亚人，她也不说自己是德国人，而是说自己是巴纳特人。巴纳特人是人们对生活于匈牙利和罗马尼亚交界处的德语居民的称呼，他们像是一群没有国家的人。这种姿态让她"两头不讨好"。罗马尼亚对她示好，她不领情；德国给了她安逸的生活和优越的写作条件，她却不肯按德国的需要写一个字，同时她也很少与德国主流文坛接触，她时刻都在以一种神经质的敏感提醒着外界：我是一个没有家国的人！我是一个流亡文人！这真的需要勇气。但是，我觉得她的"手绢"更接近于某种表演，虽然这种表演更多的出于作家的本能，并且对他人没有伤害。

赫塔·米勒在斯德哥尔摩的获奖演讲是关于手绢与她的故事，演讲的时候她的手里就攥着一条手绢。显然，米勒对自己作为一个异乡人、边缘人的身份是敏感的。事实上如果她放大自己的德裔身份，她的境遇会更好。当年在罗马尼亚，因为拒绝给有关部门当线人，她没有工作，没有收入，饥一顿饱一顿的，而且会不定期地被绑架、提审，以及殴打，她就用手绢来擦拭殴打留下的伤口。她不断诉说着对于极权和压迫的恐惧，她的主题一直没有改变，致使德国人认为，尽管她身处德国，尽管她是德国人的后裔并且在用德语写作，却仍然是一个罗马尼亚人。没错，对赫塔·米勒来说，写作就是对抗遗忘的最重要的方式，她上街一定要带手绢，以此来遮掩自己对于西方社会的种种不适。不能说赫塔·米勒的"手绢"没有表演性，但它却不让人反感。

很多人认为赫塔·米勒获诺贝尔文学奖更多是因为文学外的某些因素，其实不然。她的作品文学性很高，语言是简洁的，节奏是诗意的。她的许多作品都用简短的陈述句开头，米勒清楚，如果不和政治保持一定的距离，文学就是速朽的文学。赫塔·米勒的作品不是那种为政治写作的文学，她的作品，是为人生和人性而写作的文学。作为出生于罗马尼亚的说德语的少数民族裔作家，她自然地会描绘她眼中的罗马尼亚人和她自己。她善于从很小的切口进入，用诗一样急迫和有些晦涩的语言，将人在特定年代、特定环境的处境揭示出来。同时作者一直在对自我进行诊断，入木三分，鞭辟入里。赫塔·米勒几乎完全用记忆构筑了她的文学作品。记忆是嵌在她生命中的一根刺，只要这根刺还留在她的身体里，她就一定会感到某种疼痛、某种唤醒。她曾经说过，她是因为害怕才写作的，是写作给了她勇气。写作带给赫塔·米勒的勇气见于她的独立，她的坚持，她的孤傲。她对罗马尼亚的记忆决定了她的取舍，但她对德国以及西方政治与主流文学的不合作同样引人瞩目，因为这同样需要很大的勇气。

奥斯维辛之后，作家该怎么写作？为什么写作？为谁而写作？对于文学而言，我又能做些什么？凯尔泰斯·伊姆雷从一开始写作就扪心自问，那时他刚刚三十出头，从那以后他就抱着这一连串疑问写了半个多世纪。凯尔泰斯每构思一部作品都会想到他曾经被关押其中的奥斯维辛，他无疑已经成为"奥斯维辛的代言人"。

凯尔泰斯一辈子有三次离开匈牙利的机会，但是他都放弃了。说起来这似乎没有什么，但实际上只有亲历者才知道对于像凯尔泰斯这样的作家而言，这样的决定需要多么大的勇气。

第一次是凯尔泰斯被美军从集中营里营救出来的时候，因为他年龄小，美军打算安排他去美国，但他拒绝了；第二次是在1956年苏军出兵匈牙利之后，大批匈牙利的知识分子流亡西方，凯尔泰斯本可以选择去法国、德国或以色列，但他选择了留下，这是一个年轻作家做出的有勇气的选择，他要留下来亲历接下来的生活，他要成为一个"在场者"、一个记录者；第三次是在1989年匈牙利政府更迭以后，他本可以再次移居西方或去以色列，但他还是没走，即使留在匈牙利被匈牙利同胞视为"犹太作家"，被匈牙利极右分子骂为"反匈牙利者"，他也坚决不走。他再次选择了以"在场的流亡"方式继续观察他所熟悉的这片土地，因为凯尔泰斯坚持认为二战虽然已经结束了，但"人类只是在战争的废墟上建立起了一个和平的废墟"，他要描摹这些和平的废墟。我以为凯尔泰斯是作家中少有的表演欲不强的人，他说过，奥斯维辛之后，活下来的他，身上剩下的只有勇气，当然，还有使命。

我们一直都在说，作家的成功与否只在于他的作品水平高低。这话当然没错，但我一直认为，一个作家的行为方式乃至于生活方式，同样是这个作家能否立足于文学世界的重要一部分。苏珊·桑塔格的儿子曾说，当他的母亲得知自身患癌的时候，也很害怕，也经常会不坚强。我觉得这是正常的反应，因为我们不能将一个作家的勇气与作为人的本能恐惧混为一谈。

当下的中国文坛，吃文学这碗饭的人中，能够以"有勇气"三字谓之的人并不多，无论是让他们像海明威还是佩索阿似乎都不可能。倒是表演欲强的人车载斗量，来的都是客，全凭嘴一张，都像极了网民所谓的"戏精"。

在爱丁堡，司各特、彭斯，还有J.K.罗琳

从格拉斯哥到爱丁堡，直线距离只有80公里，然而给我的感觉是：两座城市代表了两种截然不同的苏格兰风貌。格拉斯哥实际上更像是一座英格兰城市，街道的布局走向、房屋的建筑格调，以及时尚的商业化程度，基本上与伦敦、曼彻斯特、伯明翰那些英格兰城市差别不大。爱丁堡却不然，它更像是一座中世纪的古老城池被直接平移到了当下，那斑驳的古老城堡的墙面，还有那些仿佛凝滞固化了的传统文化遗存，都像是一件件历经岁月浸泡的标本。格拉斯哥这座城市能够令我想起的文学人物似乎并不多，大约只有英国自然主义文学的旗帜性人物——诗人托马斯·坎贝尔，我曾经起意想寻找诗人在格拉斯哥的故居，遗憾的是，周围人似乎没有谁了解这件事。我不清楚为什么，

比起街头格拉斯哥流浪者足球俱乐部的巨幅海报，格拉斯哥的文化或说文学仿佛都还被圈限于那些古老大学的围墙里。

但爱丁堡不是这样的，你几乎在这座城市中的任何一个角落，都能看到高达 61.11 米的黑色外檐、通体颇具岩石坚硬质感的司各特纪念塔，感受到这位伟大作家无时无刻不在思考着你的思考、关注着你的关注。作为 2004 年即被联合国教科文组织评定为全世界首座"文学之都"的爱丁堡，文学，无疑便是这座城市的重要标志了，而诗人兼小说家司各特呢？无疑又属于爱丁堡这一重要标志的标志性人物，尽管这座至少在我看来算不上很大的城市同样诞生了罗伯特·路易斯·斯蒂文森、柯南·道尔以及 J.K. 罗琳这样具有世界影响力的作家和诗人，但如果没有司各特，对于爱丁堡这座"文学之都"而言也难说会是一种圆满。

爱丁堡有一座"作家博物馆"，但它却不在爱丁堡的热门旅游路线上，如果想去瞻仰的话，多半只能自己想办法前往。不过好在它就位于市中心，就隐藏在"皇家一英里"上的一个小巷子里。皇家一英里是爱丁堡最古老的街道之一，同时也是爱丁堡著名的商业街，也正是因为其古老，在逛皇家一英里的时候，要抱着一种让自己迷路的心态，因为你永远不知道在哪一扇门洞的后面就隐藏着难得一见的风景。爱丁堡的作家博物馆便是如此，它就设在曾对文学极度热爱的史戴尔夫人的古老宅邸内。而这一古老宅邸与皇家一英里之间连接的小巷入口的确太普通了，稍不留神就会错过。

说是"作家博物馆"，但里面其实只有三位作家的作品以及相关纪念物展示，这三位作家便是苏格兰历史上最伟大的三位诗人兼作家罗伯特·彭斯、瓦尔特·司各特以及罗伯特·路易斯·斯蒂文森，博物馆内到处都展示着他们的手稿以及他们曾经使用过的物品。我在罗伯特·彭斯曾使用过的一张书桌前逗留了很长时间，仿佛看到了年轻的彭斯坐在这张桌前奋笔创作的情景。还有斯蒂文森穿过的一双鞋子，应该算是靴子吧，我想，这双靴子是斯蒂文森在他的家乡爱丁堡所穿的呢，还是在他最后的归宿地——南太平洋萨摩亚群岛上所穿的呢？而司各特的第一部小说作品手稿，保存得十分完好，感觉离现在似乎并不久远。司各特的笔迹则多少有一些模糊了，比起我在英格兰的霍沃思小镇看到的勃朗特三姐妹的手稿笔迹，司各特的用笔无疑更加用力且显得比较豪放。

司各特是爱丁堡这座城市的本地人，其小学、中学就读的都是当时全爱丁堡最好的学校，大学上的则是爱丁堡大学。考上大学时司各特只有 12 岁，我所看到的资料表明，12 岁的年龄也并非是爱丁堡大学录取生中最小的，大约算是最小的学生之一，至少另一位爱丁堡人，伟大的哲学家和思想家大卫·休谟也是在 12 岁那一年被爱丁堡大学录取。

司各特降生于如今的爱丁堡大学的乔治广场一带，那曾经是司各特的父母家所在地，当年应该尚没有被划入爱丁堡大学的教学区。如今的乔治广场，分别属于爱丁堡大学的商学院、信息学院、法学院以及大卫·休谟楼所在地。早在司各特降生之前，司各特母亲所生的六个孩子都先后夭折了。据说司各特长到一岁半时，还是得了一场大病，类似于小儿麻痹吧，结果便是其右腿肌肉萎缩，终身都成了一个瘸子。说起来这多少像是一种无法摆脱的宿命，伟大的英格兰诗人拜伦也是天生跛足。而司各特与拜伦属于同一时期的文人，他们分别是苏格兰与英格兰的文学代表人物。司各特往往喜欢在清晨起来创作，而拜伦则是喜欢在夜晚写诗，这一点颇具有象征性，从二人的作品中我们可以感受到灿烂的清晨或者宁谧的黑夜对他们各自作品的深刻影响，而这种影响至今仍是英国许多大学文学课师生所共同探讨争论的话题。

如今已无法确认哪一座房子里诞生了瓦尔特·司各特这位伟大的作家，但是可以确认的是，目前爱丁堡新老城区的绝大多数地方，都曾留下过司各特的足迹。

司各特被当时的爱丁堡人认定是苏格兰唯一能够与英格兰的拜伦勋爵较量一番的文学人物，甚至在英国议会里都有这样的议论。但就司各特而言，他只是满足于自己在爱丁堡和苏格兰的文学地位，无意与英格兰的拜伦去一决雌雄。除却司各特的性格使然，还因为司各特十分崇拜拜伦，多数时候他都是以拜伦粉丝面目出现的。没错，有关拜伦的故事与传说在当时的英伦三岛都是上流阶层闲暇时候议论的话题。拜伦的年龄、地位以及超乎常人的英俊，无疑比拜伦的作品更加迷人。关于拜伦的魅力，司各特当年在爱丁堡对友人所讲的一段话最有分量，他说："至于讲到诗人，我相信，我们这个时代和这个国家所有最优秀的诗人我都见过——可是，尽管彭斯有一双能够想象得出的最有神采的眼睛，我却认为，除去拜伦以外，他们的容貌都称不上是艺术家心目中的出色人物。神采是有的，但是够不上光彩照人，唯有拜伦的容貌才是人们梦寐以求的那种最美的形象。"

1802 年，司各特在爱丁堡出版了《苏格兰边区歌谣集》并大获成功，同时又担任了爱丁堡高等法院的院长，虽然有钱有势，司各特爱上了一个姑娘却因为腿瘸而不被对方家庭认可，只得作罢。于是他娶了法国女郎夏洛蒂·夏潘特，二人相伴直到终老。靠着写诗和小说，1820 年，司各特被英国王室封为从男爵。靠写作获得王室爵位，司各特在英国历史上是第一个。而司各特不知是因为崇拜拜伦，还是因为的确自叹弗如，他公开表示因为他终其一生也无法在诗歌创作上超过拜伦，因此放弃诗歌创作，而专注于小说写作。之后，他断断续续创作了 30 部历史题材长篇小说，是迄今为止创作历史题材小说最多的欧洲作家，其勤奋程度与巴尔扎克有一拼。当然，司各特创作小说也是为了多拿稿酬，仅在爱丁堡一地，他就多次投资失败，欠了一屁股债，这些债直到司各特去世也没有还清。

罗伯特·彭斯比司各特大 12 岁，彭斯进入爱丁堡上流社会视野的那年，司各特刚刚考上爱丁堡大学。二人仅有的两次见面，不清楚彭斯对司各特有什么印象，但司各特无疑是兴奋的，尤其是他在爱丁堡大学哲学教授佛格森的家中见到彭斯之后，司各特总是见人就要"吹嘘"一番。12 岁嘛，怎么说都是个孩子。

司各特曾经爱过的那位姑娘的家就在爱丁堡王子大街旁。而如今爱丁堡市中心王子大街的一侧，矗立着一座非常雄伟的纪念碑，碑身就是著名的苏格兰诗人罗伯特·彭斯的雕像。

爱丁堡人对彭斯极为崇拜，甚至将每年的 1 月 25 日（彭斯的生日）作为节日来过，并命名为"彭斯之夜"。"彭斯之夜"的主角是"苏格兰国菜"哈吉斯，这道由羊肚包裹着羊内脏制成的美食几乎成了城市的象征。而爱丁堡人在吃哈吉斯之前，都要事先诵读一遍彭斯的诗篇《致哈吉斯》。

18 世纪末的苏格兰曾是欧洲文化程度最高的地区。虽然地处欧洲边缘，人口只有 100 多万，但苏格兰高度繁荣的教育体系却孕育了不计其数的文坛巨匠与科学巨人。这得归功于 16 世纪的宗教改革运动。该运动由马丁·路德以反对罗马天主教会腐败的名义发起，曾席卷全欧洲。其中，约翰·诺克斯作为苏格兰教会创始人之一，认为男女都应有受教育的权利，人人都应该读《圣经》。1583 年，苏格兰便建立了四所公立大学，成为名副其实的教育重镇。这让农民彭斯有机会受到比较系统的基础教育，这是彭斯得以进行创作的基础。而彭斯为人所津津乐道的，不仅是他的才华，还有他的英俊风流、浪漫多情。诗歌、自然、美酒、女人就是彭斯人生的写照，除了天生的贵族身份，在其他方面，彭斯与拜伦倒是有些相像。

彭斯最优秀的诗歌作品产生于 1785—1790 年间。彭斯从农民生活和民间传说中汲取素材，凭真情实感描写大自然及乡村生活。在当时苏格兰上层都崇尚英语的时代，他却始终坚持用苏格兰方言写作，这些作品多数收录在诗集《主要以苏格兰方言而写的诗》中。该书出版后得稿费20英镑，彭斯原打算用它买船票去牙买加，从此离开英国。恰在此时，爱丁堡传来喜讯，请彭斯到爱丁堡接洽出版诗集的事宜。彭斯喜出望外，随即于这年的11月27日找邻居借了一匹马，快马加鞭地赶往爱丁堡。翌年4月，《欢乐的卡利多尼亚诗神》在爱丁堡出版发行。彭斯既得到多达400英镑的稿酬，还得了100枚金币的版权费。

农民彭斯自此可谓名利双收，在爱丁堡过得风生水起，社会名流、大家闺秀竞相与他相识，虽然他的穿戴完全就像个进城到老爷家赴宴的乡巴佬。当时的爱丁堡沙龙女主人戈登公爵夫人说，彭斯在与女士们交谈时总是彬彬有礼，他的言谈既伤感又幽默，令人为之倾心。

彭斯拿着赚到的稿费开始在苏格兰漫游、吟唱，但在爱丁堡，有一个女人却在等着他，这个女人名叫艾格尼斯，其丈夫在中美洲的英国殖民地服役，与艾格尼斯关系紧张，于是彭斯成为她的情人。这段感情持续了四五年之久，这也是彭斯与爱丁堡紧密相连的四五年。在此期间，彭斯出入于爱丁堡上流阶层举办的各个沙龙，对所有文学活动都积极组织或参与，俨然成为爱丁堡的一位文学领袖。

1789年，彭斯回到他的家乡阿洛韦，并谋得一个小税务官的职位，他这一点倒是与之后的华兹华斯十分相像。彭斯每天都要骑着马去上班。就在那一段飞扬驰骋的日子里，他有了灵感，在给友人的一封信中，写出了《友谊天长地久》，后来作为电影《魂断蓝桥》的主题曲，被人们传唱至今。

没有证据表明，罗伯特·彭斯生前曾与隐居在湖区的华兹华斯兄妹相识。而且华兹华斯兄妹到湖区隐居的那一年，彭斯已经去世了。

在离罗伯特·彭斯雕像不算很远的地方，有一家不大的咖啡馆，名叫大象咖啡馆，J.K. 罗琳的《哈利·波特》就是在这间咖啡馆里写出来的。

我不是很爱凑热闹的那类人，而且对罗琳也谈不上喜欢，但既然来了爱丁堡，大象咖啡馆总还是要去瞧一瞧的。我的第一印象是，大象咖啡馆多少有一些局促，人稍微一多就感觉拥挤。里面的桌椅则普遍有一点点新中式的味道，不清楚老板当初是怎样的设计想法。罗琳在这里写作的那段时期正在爱丁堡大学进修，也经常会带着她不大的孩子一起。说实话，同样是作为写作者，我是不太好想象当年罗琳是怎么在这里"排除万难"去"争取胜利"的。只是我觉得 J.K. 罗琳最大的胜利不是她成为亿万富翁，而是她由此成为爱丁堡大学的"杰出校友"。

创立于 1583 年的爱丁堡大学是爱丁堡这座城市的骄傲，在爱丁堡逗留期间，我有幸赴爱丁堡大学参加了一次与爱丁堡大学学校管理层的交流活动，席间我记得有人提及爱丁堡大学的校友、《阿道尔夫》的作者龚斯当以及 J.K. 罗琳，对于龚斯当，他们表示 100 多年前，爱丁堡大学的法国学生相当多；而对于罗琳，他们显得似乎不太乐意展开谈论，说实话，我不太清楚

J.K. 罗琳对于爱丁堡大学而言意味着什么，与"著名校友"查尔斯·达尔文、亚当·斯密、大卫·休谟、亚当·弗格森、亚历山大·贝尔、温斯顿·丘吉尔、柯南·道尔以及被称为"怪杰"的奇才辜鸿铭等相比，J.K. 罗琳成为"巨匠"或许还需要时间，尽管她捐给了爱丁堡大学一千万英镑，而且是以她母亲的名义。

虽然身为英格兰人，但爱丁堡无疑是 J.K. 罗琳写作生涯中最最重要的一站：1993 年年底，刚刚经历过离婚打击的 J.K. 罗琳带着还在襁褓之中的女儿，揣着三章《哈里·波特》的手稿，走出了爱丁堡威弗利火车站的出站口。而威弗利火车站的名字就源于瓦尔特·司各特的小说《威弗利》。

说实话，我之前对于 J.K. 罗琳的认识基本上都来自各种媒体。而这些媒体所共同描绘的是：一个生活拮据的单亲母亲为了节省暖气费，只能带着孩子到大象咖啡馆去"蹭"暖气，一边写作一边借此度过漫长的冬日。而事实呢？如今看来却并非如此。爱丁堡出版的一本有关罗琳的书籍中有比较详尽的介绍。J.K. 罗琳实际上并没有她自己所说的那么穷，就目前所知，罗琳曾经申请到了每周 103.5 美元的政府失业救济金，她还申请到了一份每周 70 英镑的政府低保金，她拿着苏格兰政府给她的这些救济金，除了不可以出国消费之外，在英国国内还是可以自由旅行的，钱的确不多，但倘使省着花，偶尔去一趟北海边消遣也是没问题的。另外还有一个情况需要说明，那就是大象咖啡馆的老板是罗琳的一个远房亲戚。

1997 年 2 月，还是因为罗琳自己的申请，苏格兰艺术协会给了罗琳一笔 13000 美元的费用，以资助她未完成的写作事业。之后的事情想必大家也都清楚了，我在此便也不再赘述。总之女作家一夜之间红遍了全世界，她的个人财富早已经超过了英国女王的个人财富。

爱丁堡显然是 J.K. 罗琳的福地，就像大象咖啡馆与罗琳的关系在爱丁堡不是秘密一样，如今 J.K. 罗琳在爱丁堡郊区莫切斯顿的家庭地址也不是什么秘密，那里属于爱丁堡的富人区。从大象咖啡馆步行半个小时便可以到达那里，有不少人专程赶过去"探秘"，我对罗琳的确是没有那个兴趣，只是听说罗琳为她的孩子们花 27 万英镑在院子里盖了一座城堡，结果被邻居告到了爱丁堡市政厅，不等城管来，罗琳就自行拆除了。

走在爱丁堡的大街上，抬眼便是险峻高耸的城堡、古老冷硬的教堂，低头便是数百年马踏车辗的路面与草地上横卧竖躺的人们，一切关于中世纪、关于公主与王子的想象都在这里渐渐成形。和灿烂与冷冽相间的白昼相比，我还是更喜欢有荧荧灯火烘托起夜晚的爱丁堡，它总是令我想起司各特，想起彭斯，想起罗伯特·路易斯·斯蒂文森被刻在爱丁堡老城和新城交界处那块地砖上的诗句："没有任何一颗星星，如爱丁堡的街灯般闪亮迷人。"

马尔克斯或者普希金，谁拿作家当回事儿

这些年，我听到最多的一些话就是："写吧，别的一概与你无关。"而具体到"写吧"二字，实际上指的基本上就是写小说了。因为写小说是当下的所谓文学正脉，其他体裁的文字在当下中国文坛皆不是主流与一线作家愿为或乐于为的。而除却闷头写之外，也要看人家都在怎么结构语言与故事，要瞧准编辑的脸色，以他们的喜怒为自己的喜怒，以某些论者的好恶为自己的好恶。在这种写作需只争朝夕的背景下，你极少会见到有作家为公共事件发声，也基本看不到有作家会放下要写的东西去投身公益或其他与赚钱无关的事业。这首先应是缘于他们没有工夫旁顾吧，再有便是他们已然接受了自己被"精分"的角色，写小说的就是写小说的，你最好不要摆弄其他乱七八糟的文字；

同样，搞文学的就是搞文学的，一个人一辈子能做好一件事儿便不易，你最好能心无旁骛。这话照说也没错，但也正因为如此，我如今极少能从文字中感受到一个作家动感情乃至于掏心掏肺的样子，大家都够理性，都知道自己是干啥的、能吃几碗干饭，干写作这一行的越来越接近于某个技术工种。而对技术工种而言，在生产过程中能令其动感情的事情委实不多，其感情波动往往皆与文人相轻有关，或与作家之间的笔仗有关。

说到文人相轻，其实这事儿不仅在中国，全世界范围内的文人也都差不多。英国作家加里·德特在他《带毒的笔》一书中如此写道："通常作家在辱骂而非夸奖另一位同行时讲的话才是他的真实感受。"作家因为掌握了文字技巧，同时也都明白创作里的那点事儿，因而显然比外人更能找到同行的腰眼儿与死穴。加里·德特就讲："好像有的文人在抨击别的著名文人时最具创造性和爆发力。"何以如此呢？在我看来，作家之间的笔仗有点儿类似于小孩子之间的干仗，外人骨子里全是不当真的，甚至在不少人眼里，这原本就是一群闲着没事儿干的人自己在掐架玩儿呢！比如说我们都觉得海明威的文字这么好那么好，可有人却偏不喜欢，包括福克纳、纳博科夫这种层次的作家，不喜欢也就罢了，他们说的话还不好听，于是海明威就反唇相讥，"那个人（福克纳）除了能编一些南方小镇上的故事也实在做不了别的了"。换句话说，一个作家，一辈子窝在书斋里写作，即使创造出一个文学体系，他的影响依然也超不出文学范畴。而像海明威这样，在写作的同时参加过一战、西班牙内战、二战并且参与解放巴黎战役的作家，这世界上很难找出第二个了。

　　弗吉尼亚·伍尔夫对其他作家比较挑剔，有时候未免傲慢。她不喜欢艾略特，说艾略特的诗"空洞"，也不喜欢毛姆，说："他像一个罪犯，如果我在公交车上碰到他的话。"伍尔夫无疑是现代派小说的先锋，然而，她却对比她更早的先锋乔伊斯不感冒，说："我越来越不喜欢《尤利西斯》，我越来越认为它不重要，甚至懒得用心去思考它的含义。"但伍尔夫并不是最"毒舌"的，福克纳就曾说马克·吐温是"在全欧洲都不会被视为四流作家的雇佣文人，给一些老的被证明会成功的故事梗概加上足够的地方色彩，去吸引浅薄和懒惰的读者"。搞得马克·吐温的粉丝要找他算账。所以，加里·德特才会总结道："作家是一种特殊的群体，他们有时候会自以为自己是国王，而在他人眼里哪怕是同行眼里可能仅仅是一个不值一提的家伙。"

　　1975 年，加西亚·马尔克斯认为自己的影响力已经大到可以推翻一个国家的独裁统治者了，于是他公开宣布，在智利皮诺切特政权下台之前，他将无限期封笔。他将自己这种做法称为"文学罢工"。在马尔克斯看来，这是一次稳赚不赔的行动，因为智利的皮诺切特政权已经日薄西山，给人的感觉是就差最后一根稻草来压垮它了，而他呢，无疑便是那根稻草。另外，在整个拉丁美洲，他的《百年孤独》就售出了 500 万册，其影响力绝不比一位拉美国家的总统逊色。但结果却是：皮诺切特政权安然无恙，谁也没有把一个作家的话当回事儿，哪怕他获得了诺贝尔文学奖。马尔克斯于是又改口说："在皮诺切特倒台之前，我希望能写好够出一本书的短篇小说。因为我忙于这么多政治事务，我觉得自己真有点儿怀念文学了。"

2008 年 6 月 10 日，吉尔吉斯斯坦大作家艾特玛托夫去世，吉尔吉斯斯坦政府在首都比什凯克为其举行了隆重的国葬。40 多度的高温下，3 万多市民自发为这位作家送行。有人说，当时的吉尔吉斯斯坦政府之所以破天荒地给一位作家搞如此隆重的葬礼，是因为艾特玛托夫没有像一些人所希望的那样站出来竞选总统，因而他保留了一个作家而不是政敌的身份，当局固然是拿作家当回事儿，同时也是对作家没有参与政治的某种感谢。

1963 年获得诺贝尔文学奖的希腊诗人塞菲里斯，是第二次世界大战期间希腊流亡政府的一名优秀的外交官，他也被称为"希腊历史上最出色的外交官之一"，但他同时也是希腊历史上最出色的诗人之一。塞菲里斯获得诺贝尔文学奖与他的外交官身份没有半毛钱关系，在许多欧美诗人看来，他的诗歌是汲取了荷马、萨福诗歌传统精华的代表，是 20 世纪希腊的缪斯。1971 年，塞菲里斯去世，数万雅典民众为他举行了隆重葬礼，而在雅典，与他同期去世的一位政府首脑和一位摇滚乐明星都没有得到这份殊荣。

法国是最拿作家当回事儿的国家。法国政府不仅给不少作家国葬待遇，还会将他们安葬到巴黎的先贤祠。夏多布里昂是法国浪漫主义文学的代表作家，他同时也是法国历史上的一位政治人物。拿破仑与他既是朋友也是敌人。夏多布里昂在他的理念与拿破仑的思想发生冲突时毅然辞职，一边流亡一边写作。雨果最崇拜的诗人拉马丁被国葬；伏尔泰与卢梭是死后分别于1891年与1894年补办国葬的；而左拉是1902年被法国政府补行国葬的，并进入先贤祠。被法国政府举行国葬的作家还有龚斯当、法郎士、瓦勒里、科莱特、赛采尔。赛采尔是一位诗人，同时也是一位黑人政治家，生于法国海外领地马提尼克岛。2008年，法国总统萨科齐率领大批政要前往离法国本土7000公里远的马提尼克岛给赛采尔举行了国葬，在葬礼上，众多政要齐诵赛采尔生前写下的诗篇。

在文人中，拜伦是个特例。我总以为后来的格瓦拉与拜伦十分相像。事实上格瓦拉也曾写过许多诗篇，拥有诗人的情怀。拜伦不仅是一位伟大的诗人，更是一位英勇的战士。他变卖了自己在英国世袭的庄园，把钱全部用于希腊的民族解放运动。1823年年底，他亲赴希腊参加希腊民族解放运动，并担任一个方面军的指挥官。由于日夜忙于战备工作，操劳过度而患病。1824年4月9日这一天，他遇大雨受寒，4月19日，拜伦去世。希腊政府为其志哀21天，举行葬礼时，灵柩上置宝剑一把、盔甲一套、桂冠一顶。6月29日，他的灵柩被运回伦敦，他墓碑上的铭文写道："他在1824年4月19日死于希腊西部的迈索隆古翁，当时他正在英勇奋斗，企图为希腊夺回她往日的自由和光荣。"拜伦是一位诗人，他却做了英国政府也没有做到的丰功伟绩，至今希腊人依然感谢拜伦对希腊的帮助，据说希腊的拜伦塑像远远要多于拜伦的祖国——英国。

　　我看作家传记，尤其是国外作家的，或者是近现代中国作家的，爱情总是贯穿于全书始终的一条线。我甚至怀疑，这些作家的爱情生活描写应该不乏夸大与炫耀的成分，尽管从某种意义上来讲，文人似乎应该是感情方面的多情种，虽然其中的一些感情未必美好并值得提倡。然而，你再看咱们中国当代作家的一些传记，不管其人系功成名就，还是位列一线，爱情，要么一笔带过，要么语焉不详。当然，这里有两种可能，一种是"真没有"，一种是一定要刻意回避，好反衬其为人的德高望重。如果是前一种，我无话可说；如果是后一种，我只想说，一个在自己的作品中总要写到爱情的文人，自己的爱情生活却乏善可陈，你又去哪里懂得浪漫？一个被描写成感情方面十分方正、近乎刻板的人，凡事瞻前顾后，处处爱惜羽毛的人，的确带给我们的都是正能量，可你看的到底是一本作家传记还是一本典型经验材料？

　　普希金当年与丹特士的决斗，在我看来更像是普希金自己导演的一出行为艺术的剧目。普希金自己御女无数，却偏不能忍受自己的老婆出轨。他不允许也就不允许吧，事实上男人也多半如此，普希金只是没能免俗而已。可普希金偏偏又有某种说不清道不明的情结，他自己的老婆必须不能出轨，却可以有意无意地引起其他男人的注意，也就是可以令别的男人为她朝思暮想，这个度你让冈察洛娃如何把控拿捏？于是乎一不留神就跟丹特士不明不白了，普希金就要跟人家去决斗，这与其说是为了爱情，不如说是因为普希金自身的强迫症。这些，普希金在自己的《普希金秘密日记》一书中都有详细记录，可我们这里的人却偏偏不相信普希金自己说过的话，而非要编出"冰清玉洁"的普希金是因为遭到了侵害而不得不用决斗的方式自卫，仿佛不这样说就不能证明普希金作为诗人的伟大。人们喜欢普希金是喜欢普希金的诗句与才情，难道一定得把普希金包装成一位道德楷模才能让读者拿他更当一回事儿吗？

作家是写东西的，这一点儿错都没有，但作家应该不只是一个写东西的，他应该还有更不一样的存在方式，像托尔斯泰，像夏多布里昂，像拜伦，甚至像选择决斗的普希金。在我们身边，许多作家特别喜欢将自己归入"匠人"之列，这是因为，唯有如此他才可以不需要思想甚至逃避各种担当，而只需要打磨好自己对文字的把控力与表现力就好了，只要现在有人拿自己当回事儿就行，至于以后，至于是否能留下有价值的只言片语，跟自己又有多大关系呢？

强迫症患者村上春树

　　我一直想不清一件事情，那就是村上春树到底像什么？一个作家，一个跑步者，一个性冷淡的孤独者，一个爵士乐发烧友，一个随性散漫的驴友，一个影响了中国一大批小资作家的人……可能兼而有之，但在我看来，貌似拥有强健体魄的村上春树其实更像是一个典型意义上的强迫症患者，否则我就无以解释他为何活得那么一丝不苟。显然，把自己规范成一个标准化的"精密仪器"，这不像是一个作家的选择，更不像是一个艺术家的标配，倒像是某个因"胸怀大志"而对自我严格控制的人。村上春树数十年来早睡早起，不与陌生人主动说话，再好的朋友劝也坚决不吃一口"中国料理"，每天不跑够 10 公里绝不打道回府，一直喜欢贫乳少女却不会主动去追求，事先告诉好自己哪天只跑步而哪天却要又跑步又游泳（游泳一定只游 1.5 公里）。自律？未免过分了吧，又不是自卫队里面的仪仗兵。想来想去，这些，大约都与一个男人的强迫症有关。

在小说《1973 年的弹子球》中，"我"与女人上床前，还在读康德的《纯粹理性批判》，这是强迫症的典型症状。因为强迫症的症状之一便是对所谓仪式感的过分看重：如果你不让他按既定套路完成好他的"仪式项目"（比如阅读《纯粹理性批判》，甚至一定要翻到书中的某一页、看到某一行），即使与女人上床，他要么匆匆了事，要么就会不举。而在艺术家荒木经惟的镜头下，村上春树是黯淡无光的，淡漠是主旋律，当然还有一丝丝的坚韧。这是一个被强迫症困扰的男人，如果他不强迫性地要求自己每天必须完成那些仪式化的"项目"，他要么写不出来，要么就会浑身极度不自在，历史上这样的作家其实并不鲜见。

据说安妮宝贝为人低调，却从不避讳自己喜欢村上春树。当年在其尚未改名为庆山之前，她曾主编过《大方》杂志，为了《大方》，她亦开始变得"大方"。在《大方》创刊号上，安妮宝贝不仅贡献了自己的文章，为宣传刊物，同时她还在多家媒体上奉献了自己的玉照。不过，最吸引我的还真不是安妮姑娘的玉照，而是《大方》创刊号上占了 101 个页码的"村上春树访谈录"。这份首印 100 万份、据说由大陆、香港、台湾出版人共同操刀的杂志以如此大篇幅打村上春树牌，可见村上君作为中国青春与时尚写作共同的"文学教主"、作为中国当代文学创作的领军人物之一，他的影响力之大、之持续、之无可替代。

村上春树

把村上春树当成中国当代文学创作的领军人物之一不是我的误会，而是网上不少"村上迷"郑重其事的说法。而且我在鲁院的时候，也听过某位近年以研究网络文学为主业的同志如此说道，以村上春树对当下中国文学创作所起到的实际作用来看，此说并不为过。其实，对于相当一部分中国年轻读者而言，村上春树的国籍背景实际上早已被模糊到几近于无。村上君更像是我们身边的一位文学偶像或写作师傅，与CEO郭小四、职业赛车手韩寒以及不爱抛头露面的安妮宝贝等并没有什么本质上的不同。虽然不容易见面，好感却与生俱来，二者间仿佛两个前生缘定的恋人，此生得见便一切尽在不言中了。有村上春树罩着，大家的写作就不再孤独，大家的青春就不再残酷；总之，一想起在离我们并不遥远的地方，有一位和我们一样长相普通不算太老的男人在每天笔耕不辍、每天坚持锻炼身体，一些人的心就觉得踏实，并且，安好。

　　在我模糊的印象中，这么多年以来，能让咱中国人喜欢的日本人委实不多，而能让咱中国人崇拜的日本人，就愈加稀有。掰开指头算，一只手的手指头绝对够使。原因嘛，明摆在那儿，和历史有关，也和现实有关。当然，归根结底还是和历史有关。但历史归历史，就像书上说的那样，一切向前看，要有能力把不同的事务区分开。记得改革开放初，率先参与调剂咱中国人精神文化生活的就包括引进的一大批日本影视剧：一部《望乡》让中国人了解到原来日本的劳动人民也是一把辛酸泪啊；一部《追捕》让"杜丘"和"真由美"红遍神州大地；而一部《血疑》更让一众老少爷们儿把山口百惠当作自己的梦中情人。但是，从没有一个日本人能像村上春树这样，给中国年轻读者乃至中国文学带来如此巨大的影响，一批写作以及不写作的人被凝聚到这杆大旗之下，村上春树遂幻化为一种时尚符号，也可称是某些人之间的接头暗号。一个人谈村上春树，就表示他是不跟时代潮流逆着干的人，就表示他是没有被时尚以及青春抛弃的人。村上春树正在或已经完成了在中国相当一部分人心目中被神圣化的过程。村上春树在中国的知名度之高已到了令人匪夷所思的地步，甚至曾经被从来不看小说的菜贩子误以为是某一国际组织的最高领导人……有人因为村上春树而移民到东瀛，有人则因为村上春树而不惜改名，还有人把村上春树的标准像挂在自己的房间，早晚顶礼膜拜。村上春树，令那么多小资和疑似小资、令那么多白领和所谓白领激动不已而又欲罢不能。

2010年7月，重庆一处以"村上春树"命名的高档商住小区开盘了。该小区位于重庆市政府重点打造的两江开发区中心地段，从那里开车到解放碑差不多也就十来分钟的路程，属于"闹中取静"的典型范例。之所以被命名为"村上春树"，重庆的媒体说是因为这个名字本身就蕴含了一种文化品味。"这个世界很疯狂，买个公园又何妨"，"村上春树"的文案有些戏谑，但把卖点很好地表达了出来。"村上春树"，光听这个名字就知道是建在"公园"里的房子。几乎就在重庆的"村上春树"小区开盘的同时，一台名为"寻访村上春树"的多媒体音乐会在广州被搬上舞台，据说整台音乐会充满了对青春的膜拜和感伤，令到场的无数"村上迷"唏嘘不已。同样是在 2010 年，几位画家和摄影人意外得到了一位据说喜欢村上春树已到难以自拔地步的有钱人的资助，资助他们到村上春树早年主要活动的日本近畿地区采风创作……这不是个案，有越来越多的中国人到日本的目的只有一个——寻访村上春树的足迹。在阪神沿线，他们不厌其烦地向当地人打听村上春树的点点滴滴，不放过其中任何一个细节。每每听到村上早年的某一轶事、某一未经证实的传说时，一些年轻女粉丝的脸颊就会激动地飘上两抹红晕，像是村上春树此刻正在不远处深情地凝望着她们。

一个搞文字的人，一个写小说的人，能够在国外的写作者、文学爱好者乃至普通民众当中具有如此高的知名度和感召力，在中外文学史上应属罕见。于是我领教了这样一种"奇观"：村上春树因为对他上过学的某学校有意见，遂拒绝参加该校校庆活动，这被某些人解释为是大作家的应有个性；村上春树从来不吃中国菜，被某些人解释成因为村上春树懂得养生，而中国菜在烹调过程中放调料太多云云……说实话，这已不是"爱屋及乌"一词所能解释。当作家当到村上春树这个份上，不仅仅是死而无憾的问题，而是提供了一个范本：在文学失去轰动效应的今天，作家的影响力依然可以具有无限大的可能性。

按说，论名气安妮宝贝在年轻人当中已然不小，但是，无论是安妮宝贝还是贾樟柯，他们的文字都难以保证杂志更多地发行，最保险的办法无疑还是找来"文学教主"村上春树。当年安妮宝贝主编《大方》的时候，就浓墨重彩地做了一期村上春树，同时搭配了几页贾樟柯，于是有人这样为那一期《大方》杂志宣传："如果你不喜欢村上春树而你喜欢安妮宝贝，这本书可以考虑购买；如果你喜欢贾樟柯导演而又不厌恶同为创作者的村上春树，这本书可以购买；如果你厌恶村上春树而又不喜欢现在的安妮宝贝，这本书不必购买。如果你厌恶安妮宝贝、贾樟柯以及上面出现的所有人，唯独喜欢村上春树，这本书必须购买——因为这本书所有关于'大方'的东西，都不属于安妮宝贝，她统统只属于你能在封面见到的那个典型个头不典型脑袋瓜的日本男人。"这一段宣传语，有点儿像是在听郭德纲的相声，郭德纲说，你到底是喜欢听郭德纲的相声呢，还是喜欢听郭德纲的相声呢，还是喜欢听郭德纲的相声呢……这种话貌似调侃，骨子里却是透着无比自信，甚至还多多少少有一种傲慢于骨头缝隙里探头探脑。我把这段宣传词换一种说法表述就是：我们的杂志就是在卖村上春树，花钱买村上春树，不需要任何理由！

当年作为主编的安妮宝贝说，《大方》是一本"暂时离开资讯、应景、热闹、时效话题"的杂志书，"它挑选自有风格的作者、文字、图片，有一定距离感"，"它推崇一种平实的、真诚的、清湛的、开放的思考方式"。出版《大方》的目的，是要在这一个喧嚣的时代倡导一种敬畏写作、专注阅读的态度，给读者以世界文学版图的真实面貌，与现今快节奏、短信息的时代拉开距离。这些话，我爱听。可是，且慢，我想与安妮宝贝商榷的是，村上春树难道不属于"应景、热闹、时效"的话题吗？

　　我不知道除日本本土之外，世界上还有哪个地方的一本杂志会拿出百页的篇幅刊登一篇对外国作家的访谈，但《大方》做到了。其实也不只是《大方》，从那时到而今，与村上春树有关的文字一直执拗地占据着纸媒的版面和网站的网页，只是时而激昂时而舒缓罢了。我更不知道，在当下，世界上还有哪位作家能够被那么多异国年轻人在长达数十年的时间里前赴后继地咀嚼，但村上春树做到了。

　　那么，就让我们来说说村上春树吧。这个 29 岁才开始写小说的男人，感觉并不是从小就喜欢文学，尽管他的父母都是语文教师。他的处女作《且听风吟》据说源于某日观赏日本国内棒球职业联赛时，在养乐多队外援大卫·希尔顿击出一支二垒安打后的所见光景。村上春树称这是"一种契机刺激了心中的某种不寻常东西"，让他投入写作。一开始，村上春树写得也不顺利，但是被出版商"包装"后就大不同了。比如《挪威的森林》一书卖不动，书店老板觉得放村上春树的书太占地方，要撤架。但事有凑巧，到了圣诞节，出版商想了个绝招，把上、下两集的小说分别设计成红色和绿色的封面，然后用烫金纸做腰封。这样一来，原本跟圣诞节没什么瓜葛的小说，反倒成为时尚的象征，似乎不拿这套礼品书送人就缺少了某种共同话题。于是，《挪威的森林》在那一年和圣诞节一起"火"了。同时"火"的还有村上春树这个人，这把火一直烧到了今天。

　　2010 年的 5 月，村上春树出齐了长达 1055 页的长篇小说新作《1Q84》三部曲。小说名灵感来源于乔治·奥威尔的《1984》。村上春树说："首先，是有了乔治·奥威尔的《1984》，一本关于迫近之未来的小说。"村上春树又说："我想写的东西与此相反，是一本关于不久之前、呈现事情何以如此之过程的小说。"请注意，村上春树的话总是如此绕来绕去，如果有哪位评论者想要研究村上春树，我建议在作品之外应多研究一下村上春树在回答记者问时的语言。没错，我越来越觉得村上春树是一个语言表达上的天才，而三岛由纪夫、横光利一、太宰治那一类日本作家如果比起村上春树来简直就是一些傻子。包括"芥川奖"的创始人芥川龙之介，包括大江健三郎，包括安部公房，他们和村上春树比较起来，也可以洗洗睡了。村上春树说话就像他的着装，看似简约到波澜不惊，却多是欧美的一线品牌。这是一个生活节制到令人感觉可怕的男人，他每天晚上 9 点睡觉，创作时每天凌晨 4 点起床，每天一定要写够 10 页，从不赖床和拖延。村上春树自己说，他不是艺术家，艺术家总是自认把生活过成了艺术，像三岛由纪夫或太宰治，而他村上春树不是。但是，当日本国内很多评论家都把村上春树的作品归为"通俗文学"（如中岛一夫直斥村上春树的小说是"民众的鸦片"；松浦寿辉称其作品没有土地和鲜血的味道，"有的只是媚俗与撒娇的混合体"；女作家松浦理英子说村上春树的某些作品是"犯罪行为"），而日本多数文学奖也把他排斥在外的时候，村上春树又坐不住了，他公开表示自己从来不读任何日本评论家写的东西，更绝的是，村上春树说："评论家都是狗屎！"

是的，让我开始对村上春树产生反感的不是他的小说，而是他总是貌似滴水不漏并且能"四两拨千斤"的说话方式，是他总是貌似低调却总是能迎合各种时尚口味的"姿态"。村上春树不是太会作文，而是太会做人。他基本上远离政治，却在谈话中向挨过各种政治暗箭伤痕累累的乔治·奥威尔致敬，其《1Q84》涉及邪教问题但并未对日本政治提出批判，《刺杀骑士团长》涉及南京大屠杀话题却与小说主脉关系不大，感觉很像是"贴上去"的；他生活富足并且刻板，却号称与陀思妥耶夫斯基相通；他拿着全日本最高的海外版税，却崇拜穷困潦倒的雷蒙德·卡佛；他明知道自己被消费成了时尚符号和偶像，却在作品里一再把卡夫卡、普鲁斯特、罗曼·罗兰这些远离热闹与喧嚣的大师级作家挂在嘴边……按咱老百姓的话讲，欺负人没有这么欺负的！你村上春树什么都想要，什么都能要，但不能如此随意地拿如此多的文学大师给你当梯子和垫脚石吧！尤其是陀思妥耶夫斯基，那种对人类普遍理性、中心价值和永恒意义的深刻探索，那种对宗教、伦理与善恶问题的怀疑与追问，还有陀氏在其作品里对精神分裂、歇斯底里、淫乱犯罪、与魔鬼对话以及在非正常状态下人物内心挣扎的描写，指向的全是人类真实的生活。尤其是对阴暗丑恶的根源性质疑，各国作家更是难有出其右者……所有这些难道是村上春树可以比肩的吗？

而媒体和相当一部分论者却完全是一副对村上春树忠心耿耿、忠贞不二的架势，不管三七二十一地把村上春树和普鲁斯特、罗曼·罗兰平起平坐地放在一起。甚至硬要说多年足不出户的普鲁斯特跟每天不出门锻炼就睡不了觉的村上春树是同一类作家，如果他们认识肯定会惺惺相惜云云，这都是哪跟哪啊！

多年来最为"村上迷"们传扬的无疑是村上春树的耶路撒冷之行。对村上春树而言，这是一次"英雄之旅"。2009年，村上春树获得以色列耶路撒冷文学奖。这个奖有多重要，看一下往届得主就知道了，包括阿瑟·米勒、苏珊·桑塔格、奈保尔、库切、博尔赫斯、米兰·昆德拉、西蒙娜·德·波伏娃、奥克塔维奥·帕斯和巴尔加斯·略萨等。令村上春树成为英雄的是这样一句话："在一堵坚硬的高墙和一只撞向它的鸡蛋之间，我永远站在鸡蛋这一边。"这也是被许多中国人不厌其烦提及的。要知道这只是犹太人设立的一个文学奖，全世界有那么多大作家去领奖，并非就意味着代表了什么立场，对于村上春树的"永远站在鸡蛋这一边"的说法我满怀敬意，但也仅此而已。

很遗憾，无论是乔治·奥威尔还是雷蒙德·卡佛，都需要由村上春树来给我们做提醒，我们才能看到他们的作品。我们的出版商倒是事半功倍，只要随时关注村上春树的动向就妥了，他老人家说谁的小说好，马上安排翻译出版就是了，发行根本就不用考虑，只要说是村上春树喜欢的作品，难道还愁销路吗？到时候不要卖得太多呦！

对不少中国人而言，村上春树这个名字代表的早已不再是一个作家，而是一种人生态度、一种生活品味。比方说，要努力以"最村上"的方式生活，跑步的目的是要争取每年跑一次全马或半马，听古典音乐和爵士乐，挑剔美食，喜欢美国文化，爱好北欧简约风，甚至要严格按照《且听风吟》的提示品评红酒，按《奇鸟行状录》的方式吃意大利面；要按村上春树小说里的描写去恋爱，要按村上春树小说里的描写去旅游……当文学失去轰动效应之后，某一个人的小说却能让人如此痴迷且癫狂，阅读某一个人的小说会成为判断做人身份与品位的圭臬，就不禁使人发问，这是否正常对待文学以及阅读文学作品的态度？

畅销从来都不是罪恶，但毫无节制的习惯性畅销却需要警惕。就像我们吃东西，我们会倾向于某一种东西，我们吃它可能是因为大家都在吃，也可能是因为我吃习惯了所以会吃，至于有没有营养完全不重要，如果是后者的话，就是偏执，就需要警惕。

同时，我以为村上春树也不是一座非要逾越不可的大山。当年，因村上春树而改为今名的北京娃娃春树在答记者问中不止一次强调自己要超过村上春树。春树甚至这样说："村上春树是我最大的竞争对手。我有朝一日一定要彻底超越他，真的，没办法了，有他没我，有我没他。""等着吧，看我们俩谁活得更长。这事真的是，没完了；这事只有拿作品来说话了，真的……"

要超过村上春树的影响力，我理解；要超过村上春树的文字水平，有时候这东西是完全没有可比性的。

锲而不舍、不遗余力地把村上春树打造成"文学教主"的形象，如果是出于商业的考量倒也无妨，如果就是以文学的名义，就有问题。这与日本评论家们对他的负面看法无关，也与他多年来始终游走于诺贝尔文学奖的边缘无关。作为一个有巨大名望的作家，村上春树的作品风格远远要大于他的作品内容，他的前期作品基本上与现实社会生活矛盾无涉，而他近年来以"奥姆真理教"为素材写作的一批触及现实问题的作品，感觉上似乎并不如他当年写那些"小情小调"得心应手。对照村上春树所经常提及的乔治·奥威尔，其在西班牙内战和二战中的生活背景，加入左翼团体并反对纳粹政权、流亡欧洲各地的个人经历，生活优渥、没有离开过和平环境半步的村上春树显得过于"舒适"了，我以为村上春树对社会现实的严酷与不堪是缺少如鲠在喉、痛彻心扉的感觉的。

说个有意思的事儿。有学者曾经以一个国家或地区的GDP来分析村上春树的影响力。学者认为一个国家或地区的国内生产总值达到一定水准，村上春树的小说就会被更多的读者所接受，这个独特的现象在亚洲表现得更为明显。台湾和香港地区以及韩国之所以会率先着迷于村上春树，也许就是一个很好的例子。接下来，村上春树最风靡的大陆城市包括上海、北京和广州，其GDP增长速度也都领先。这种解释的确有意思，换句话说，村上春树的文字是给有一定物质储备的人群所预备的，或许，在经济高速发展的今天，对某些人而言，最适合他们的文学样式就该是村上春树式的，谁知道呢！

村上春树说："如果你想追求的是艺术或文学的话，只要去读希腊人写的东西就好了。"他说这话的意思难道是为他作品里较多的"通俗"元素找理由吗？日本《朝日新闻》针对村上春树做过一期喜恶调查，其中讨厌村上春树的人达到49%，远远高于"喜欢"或"无感"的比例，但这并不能阻挡其长久以来的"墙内开花墙外香"的现实，尤其是在中国，村上春树这杆大旗多年来始终无风也飘扬，他早已不仅是作家，而是一位名副其实的"生活家"。

村上春树生于日本京都府伏见区，我专门查了一下新版的日本地图，伏见区原先属于京都市郊区，如今已成为京都市中心的一部分，倚着稻荷山，还有一条由琵琶湖流过来的小河，闹中取静，据说很美，我倒是建议"村上迷"们可以去看看。

托尔斯泰的忏悔

在列夫·托尔斯泰的那篇差不多颠覆了他全部形象的《忏悔录》里，托尔斯泰不仅透露了自己多次的感情游走，而且还反省了自己的虚伪和贪欲。一个曾经令教会与沙皇同时想将其树为模范的托尔斯泰，一下子开始令教会与沙皇变得不安。

1852 年 7 月，彼得堡的《现代人》杂志收到了一篇来稿，作者是一名在高加索山区驻防的炮兵下士，署名"耳·恩"，小说的题目叫《童年》。《现代人》杂志的主编涅克拉索夫觉得这是一位天才，把作品拿给屠格涅夫看，屠格涅夫说："给他写信，告诉他我欢迎他，向他致敬并祝贺他。"涅克拉索夫回信给小说作者，希望他继续写作，同时商量小说发表时可否用真名，对方回信同意，于是，一个叫列夫·尼古拉耶维奇·托尔斯泰的作家从此诞生。

许多年后，屠格涅夫临终前，给托尔斯泰写去一封信，诚恳地希望托尔斯泰回到文学领域，不要辜负自己在文学方面独一无二的才华。而这时候，托尔斯泰正每天穿着农夫的长褂和他自己亲手缝制的布鞋，行走在底层农夫之间，与他们打成一片。事实上，在完成了《安娜·卡列尼娜》后，他的文学创作便停止了。而他给世人的解释是一篇《忏悔录》。这是一篇忏悔自己同时也在剖析他人的文字，与卢梭、奥古斯丁《忏悔录》中叙述的内容迥然不同，托尔斯泰要探讨的问题其实只有一个：人生的意义何在？我们为什么而活？

说实话，初读《忏悔录》，我就被震惊了，因为托尔斯泰所言完全颠覆了我们对传统意义上"作家"的认知，那就是，作家不能只是一个写作者，还要懂得忏悔、接受心灵的拷问，继而才有获得超拔的可能。

忏悔不易，救赎更难，一个人要拉他人出沼泽，自己却站在泥塘里，谁救赎谁？身为贵族的托尔斯泰产生了放弃所有财产的想法，但遭到妻子强烈反对，这成为他们夫妻关系恶化的重要因素。结果是：托尔斯泰放弃个人财产，转到夫人索尼娅名下。我们不能责怪索尼娅，她为托尔斯泰生了 13 个孩子，单一部《安娜·卡列尼娜》她就抄了七遍。但是，她只是一个希望过安稳生活的女人，她崇拜但不理解托尔斯泰。

从《忏悔录》里我感到，对托尔斯泰来说，思考生命的价值和信仰的意义是他的天生责任和义务。所以，他开始俯下身子去

列夫·托尔斯泰

倾听那些沉默的大多数。从那些隐忍的底层人群中，他看到了信仰对于生命的意义，看到了信仰与浮华生活之间隐秘的对峙关系。

苏格拉底说："未经审视的人生是不值得过的。"托尔斯泰从很早起就开始了审视自己。在他的许多作品中都能读到这种痛苦求索的痕迹，皮埃尔、列文、聂赫留朵夫，也包括安娜，他们之所以走入经典，不是因为他们在作品中有过人的英雄壮举，而是因为他们本身就是一个个思想者。

俄国思想家别尔嘉耶夫说，托尔斯泰的呐喊是与众不同的，他拥有一切，却不能忍受自己的特权地位。人们追逐荣誉、钱财、显赫的地位和家庭幸福，并把这一切看成是生活目标。而托尔斯泰拥有这一切，却竭力放弃这一切，他希望平民化并且和劳动人民融为一体，是源于一个思想者、一个作家的创造精神。

事实上，在俄罗斯，作家对自我的忏悔促使他们的笔触突破表层而达到社会与人的灵魂深处。就如鲁迅所言，这种"对人的心灵进行拷问，在洁白的心灵下面，拷问出心灵的污秽，而又在心灵的污秽中拷问出那心灵的真正的洁白"。放下文学创作的托尔斯泰却为教育普通民众写了《民众教育论》，为儿童写了《启蒙读本》《与儿童谈道德》，为农民写了《荒年补救方法》《拯救饥民》等。他以这种方式，在重新突显一个作家的价值与担当。

有多少人可以认识到自己身上挥之难去的恶念，认识到生命中已经腐烂的那些部分，认识到生之中即隐藏了死亡，因而得以鼓足勇气，真正地否定自我，重新超越自我？这些年我听到最多的话，就是一个作家一定要把故事编好，作品写好，而思考嘛，想多了不仅无益，有时候甚至会阻碍一个作家的发展。是啊，当下是"速食化""数字化"叠加的时代，我们要的是脑洞大开的想象力，要的是只争朝夕出东西，思考也好，思想也罢，那是思想家的事情，不是作家的事情。文学创作越来越像大工业生产，谁在上游工序、谁盯下游工序都已安排好。我们还需要忏悔什么？那不是没事找事嘛！对于当下文学的面貌，托尔斯泰一定想象不到。

　　1910 年 10 月 28 日凌晨，83 岁已重病缠身的托尔斯泰从家中出走，十天后安静地死在一个荒凉的火车站上。而那一天，他最喜欢的学生也是忘年交高尔基正在意大利旅行，高尔基说："只要托尔斯泰活着，我在这个世界上就不是孤儿。但他死了，他带走了一个世界，再也没有人带我们忏悔、替我们赎罪了。"一个作家能用自己的作品，同时更用自己的言行，让那么多人爱你、恨你、拿你当回事儿，这才是让人无比佩服的作家。

屠龙术是如何"高大上"的

在当下，一种食品，我们说它很好，往往不是因为它好吃且富于营养，而是因为它不含添加剂；一个人，我们说他不错，常常不是因为他给我们乃至整个社会做了多大贡献，而是因为他在与朋友交往的时候够义气、讲诚信……同样，一门学科，我们说它比较"热门"，不是因为这一学科能够济世惠民，甚至也不是开疑释惑，而仅仅是因为它比较"好混"！我发现，虽是文学早已失去了轰动效应，可文学这杆大旗做不成虎皮也还是能裁出几件"奇装异服"来的，长袍改马褂，马褂改坎肩，"云遮日"改叫"假阴天"，改一次往往就能多"改"出一门学科来。理论虽是苍白的，但对于一门学科的建设却又是不可或缺的。这两年，某一门因挂靠文学而开张营业的学科看上去便颇有"坐大"的趋势，越来越多的人靠着几条似是而非的理论在原地转圈子，转晕一个算一个。反正，无论是带头转的，还是在后边跟着转的，都知道是咋回事儿，光原地踏步指定不行，转圈子无疑也能造成一种忙碌的假象，说白了，这既能说明我们并没有原地踏步，同时也挺能唬圈子外的人的！

有一段时间，我比较崇拜那些张嘴闭嘴总之满嘴都是新名词的人，觉得对方读的书没有五车大概也总有三车，因而才会有如此"高妙"的表达方式。后来，才渐渐明白，某些人说的话你听不懂，未必是真听不懂，更可能的原因是对方没有按正常的方式与你对话。比如，他把堵车说成"塞车"，把恋爱说成"拍拖"；把最高说成"赛高"，把胜利说成"完爆"……意思嘛，其实无大出入，但他却下定决心要用你不习惯的语言体系来砸晕你，以表示他拥有一套你很"陌生"同时又需要对其高山仰止的艰深理论体系。不好意思，这其实就是我对中国当下"比较文学"这门学科最直观的印象。

这次我之所以要拿"比较文学"说事儿，是偶然，亦属必然。说偶然是因为不久前碰到一对准备考研的俊男靓女，要考的自然是"比较文学"，令我感兴趣的是，这对俊男靓女本科阶段所学专业与"比较文学"八竿子打不着，他们找到我是想问一些涉及外国作家作品的书名，好准备考试。之所以会从八竿子打不着的专业考到"比较文学"来，竟是因为"只要英语过关，其他就那么回事儿"！这令我在颇感诧异的同时，联想到我曾认识的一位在某校参与"比较文学"授课的老师，其阅读范围之窄，其文学素养之差，都大大出乎我的意料，于是便一下子触动了我对这一陌生学科的浓厚兴趣。有报道称，连续两年，"考研大军"中报考"比较文学"的人数都在增加，其实这也和招考学校以及录取人数的增加成正比。再一打听，不得了，如今不光是一线城市，就连一些远处内陆的二线城市的城市学院中文系都开设了"比较文学"专业，忽然就感到有些闹不懂了，难道，是我们"比较文学"专业的学生缺口很大吗？难道，我们当下的文学理论研究在不知不觉间便迎来了属于自己的"黄金时代"？难道，我们社会在未来需要大量的"比较文学"人才去充实到各行各业的不同岗位上……一方面是文学变得越来越小众，一方面是设立"比较文学"专业的院校越来越多、报考"比较文学"的人数逐年增加，难道，这也应了那句"不是我不明白／是世界变化快"的歌词？

再说必然。这缘于我的阅读史。我是从阅读外国文学作品开始接触文学这行当的，小说、诗歌、人物传记、文艺理论，搞到什么读什么，属于囫囵吞枣、不求甚解的读法，但也并非全无用处，用处之一便是喜欢拿自己一知半解的那点儿"基础知识"和别人抬杠。我最初的不解是：既然我们当下的"比较文学"是从中文系原"文学理论""外国文学"等专业中分离出来的，那么它与各原属学科有什么能让人一目了然的根本不同？带着诸多不解，我于是找出不少与"比较文学"相关的书刊来"恶补"，却感觉自己是越看，不解反倒是越深，疑虑反倒是越大。不过，也有意外发现，那就是了解到原来靠此一学科行走江湖的能人还真不少啊！排座次只给108个座位显然不够，我平时没有注意到人家只能怪自己孤陋寡闻。再看某些游走于国内各大知名院校设坛开讲的"比较文学"诸位"大神"之言论，可谓指点江山，挥斥方遒，继而纵横捭阖，雄焰万丈，可他们说破大天，所有听上去不可动摇的立论，都与"比较文学"没有必然的联系，换句话说，都是人家的东西，都是人文社科领域内各个学科多少年来所研究总结出来的东西，你拿来不要紧，又不能做到"集大成"，又没有加以彻底的改造和升华，拿来的是"虚"的，搞出来的东西比原先还"虚"，又怎能挡得住他人质疑呢？

而与此同时，"比较文学"界却不断在强调所谓"比较文学"的独特性，"比较文学"的主体地位，我觉得，就像明明是几只海虹，你再敲锣打鼓，它也变不成大闸蟹！随便检视一番"比较文学"旗下的诸多成员——比较诗学、形象学、译介学等，它们都有各自原属的学科。因为"比较文学"原本就像个蛮不讲理的劫匪，从传统的人文学科里把文学理论、文学史、文学批评、外国文学、翻译学理论中按需索取、跑马圈地般地抽出一些东西，然后一厢情愿地宣告已然形成了自己的学科体系。

按照"比较文学"教科书上给"比较文学"所下的定义，"中国学派"的"比较文学""是以世界性眼光和胸怀来从事不同国家、不同文明和不同学科之间的跨越式文学比较研究。它主要研究各种跨越中文学的同源性、类同性、变异性、异质性和互补性，以实证性影响研究、文学变异研究、平行研究和总体文学研究为基本方法论，其目的在于以世界性眼光来总结文学规律和文学审美特性，加强世界文学的相互了解与整合，推动世界文学的发展"。

之所以要强调是"中国学派"，是因为与之对应的"法国学派"和"美国学派"早在多年前便已呈逐渐衰微乃至被边缘化之势，尤其是"法国学派"，已完全等同于文学史研究。所以，中国以及"比较文学"中的"中国学派"可谓是全世界"比较文学"的重镇乃至圣地，但即使如此，说实话，不看不知道，一看还是被吓了一跳，仅仅从"定义"的口气来看，完全是以整合和振兴世界文学为己任的架势。但问题是，我们"比较文学"的世界性眼光又在哪里？恕我孤陋寡闻，当下的"比较文学"界哪一篇文章、哪一本书，又有哪一位"比较文学"研究者用自己的研究实践推动了世界文学的发展？又如何整合了中外文学艺术？多数学者只是空谈理论，在所谓理论和学科构建的框架下悠然地谈论着大而无当的话题，大大方方地引用前人的学术成果，不求创新进取，而且似乎下定决心就是不把所谓"比较文学"研究深入具体实践当中，一味地围绕着理论问题打圈圈，总之是转晕一个是一个。在我看来，理论问题自然有着其不可替代的位置，但是现在的风气却是光谈理论，公然在正当的理论建设的口号下行不实践不创新之实。就我所粗略地了解，当今"比较文学"学术界，能够提出独立自主、真正有价值有意义的理论的学者实在有限，大多人都是像寄生虫一样依靠反复阐释前人以及西方人早就过时的理论来博得论文发表数量、职称晋级和教授评定。

在"比较文学"界一些人看来，既然是一门独立学科，就要正本清源，总结出属于"比较文学"自己的发展史来。他们认为比较思维和比较法运用于文学研究，见于文字记载的，首推孔子的《论语》，甚至佛经在汉代的翻译可以作为中国"比较文学"的萌芽。唐朝，中外文化交流达到高潮，而玄奘的翻译理论已有了当下"比较文学"影响研究中的"媒介学"的成分。黄遵宪因主张过"诗界革命"，因而被划入"比较文学"先驱之列；梁启超曾提出"文学是无国界的"，自然也是"比较文学"大佬。当然，这份名单里还有严复、林纾、王国维、鲁迅等。这与其说是"比较文学"发展史，还不如说是中国文学发展史。

只要稍稍对我国现存人文学科有所了解的人就知道，传统翻译学中是完全可以容纳进现在"比较文学"译介学的内容，从而丰富自身的理论体系、拓宽自身的研究思路和范围，更何况传统翻译学中的学者都具有扎实的外语基础，能够一定程度上避免不懂翻译实践的某些学者空谈理论。同样，"比较文学"中的比较诗学也完全可以纳入传统文学理论和文学批评的研究范畴之内。所以，"比较文学"在我看来只是文学研究发展过程中的一个阶段而已，当然，也会是某些人借以获得某些眼前名声和利益的平台，有可能不会成为一个长久存在的学科。之所以不会成为一个长久存在的学科，除了它先天与其他学科交叉过多的原因，还有就是它存在的"合理性"问题。

　　首先是研究作品的不对等。就我所粗略了解，除了汉学家，西方极少有人会把他们文学研究的重心放到中国。我们有那么多的大专院校、那么多的人，从事着"加强世界文学的相互了解与整合，推动世界文学的发展"的宏伟工作，但这基本上只是单方面的，与其他国家对我们国家文学的"比较"研究完全不对等。这些年来，即使是国内一些著名作家的作品，要想把作品翻译到国外去，也需要从国家到个人方方面面的努力，而且多半得不到经济回报。换句话说，我们所谓的"推动世界文学发展"只是我们一厢情愿的说法。许多西方文人提到中国文学，不是谈论文学，而是显示自己的视野和胸怀，抑或只是客气一下。"比较文学"界常爱拿歌德说事儿，其实歌德在与爱克曼1827年1月的那次谈话中只是顺嘴夸了一下中国文学而已，歌德甚至连他要夸的是哪一部中国作品都没说出口！我认为，中国文学中的绝顶魅力，对西方人来说很可能是绝缘的。李白的《静夜思》如此让中国人动容，把它译成英文，就是一种灾难，所以，我倒觉得，干脆就没有非要把李白杜甫介绍给他人的必要。因为，许多事情就像谈恋爱，不能强求。我们拿话本《薛丁山征西》与肖洛霍夫的《胎记》相比，俄国人不买账；我们说汤显祖和莎士比亚比肩，二人的作品都反映了封建桎梏下的青年男女为争取幸福爱情而造成的生离死别的人生悲剧，都对人物进行了出色的描写，都有很大的美学价值，可英国人觉得是笑谈；我们说洪昇的《长生殿》与司汤达的《法尼娜·法尼尼》是跨越时空的沟通，法国人不领情……我们为什么不能大大方方地说，至少是历史上一部分中国文学中的佳作，是只属于中国人的，因为你们洋人不懂中文，你们根本无福享受。

其次是对文学现状的参与度。"比较文学"作为一门学科，一直在强调其自身的独立地位，但是，这么多年来，其"比较成果""研究成果"却完全不能反映到我们的文学创作与文学批评中来，那么，作为一门学科也好，作为一种理论也罢，又如何来体现其生命力呢？同时又从哪一点来验证其存在的必要性呢？换句话说，当下"比较文学"存在的生命之本到底是什么？

另外，我很感兴趣的一个问题是，有没有机构跟踪一下，每年从各院校"新鲜出炉"的那么多"比较文学"界人才，到底都在干些什么！在他们离开学校之后，有多少人还在干着哪怕跟文学沾一点边的工作，又有多少人只是口袋里揣着一张文凭招摇过市而已。

我们知道，人文学科的知识具有极大的相关性。因此，首先要下苦功读一些自己最感兴趣的书，然后在此基础上逐步拓展：天文地理，五行八作……都该有所涉猎，都该有所用功，此乃做学问的不二法门。换句话说，人文学者，尤其是打着文学旗号与幌子的那些人，谋求封妻荫子也好，图碗安稳饱饭也罢，总还是该好好钻研一下自己所研究的东西的。即使做不到学贯中西，也要博览群书、杂烩百家才好，一个连他要"比较"的某国作家的国家首都、人种、历史、地理、民俗习惯都没搞清楚抑或根本也不想搞清楚的人，却自称是研究"比较文学"的专家，恐怕连不识字的人都要笑了。北大某教授出版了一本关于东亚"比较文学"的书，不知是为了显示他行文的与众不同还是要表现他学问的高深莫测，在书里他把广大人民群众普遍称为丹纳的那位欧洲批评家、美学家，改称为"托尼"；而北师大某教授著作等身，在他一部涉及"比较文学"的代表性著作里，把挪威人易卜生张冠李戴成了丹麦人……不是不可以犯错误，我觉得，他们很可能并不是笔误，而是知识储备匮乏造成的。但这些现象的背后却无疑隐藏着一个大问题，也就是从全国范围来说多如过江之鲫的"比较文学"学者知识上的缺陷和学术视野不宽的问题。这还不算什么，一位我知道的"比较文学"界人士，因为莫言获了诺贝尔奖，他才跑到地摊上找了本莫言的书来翻，换句话说，莫言要是不获诺贝尔奖，他老兄这辈子也未必会翻一翻莫言的作品。所以我就奇怪，一个在中国当下搞"比较文学"研究的人难道可以对中国当代作家的作品和创作情况不闻不问吗？

自然，每个人都不可能穷尽所有知识，而且对一切已知知识的理解深度每个人也颇为不同，我们自然不能要求每个学者都像钱钟书那样学贯中西。但一个致力"推动世界文学发展"的人，就必须要去了解甚至掌握其他国家那些文学之外可能相对枯燥的历史、地理、民俗、传说等人文知识，不懂这些，你搞什么"比较文学"，骗谁啊！我认为，正是因为许多人的知识储备严重不足，根本没有办法谈其他的问题，既然不能谈大的系统，于是只能在"比较文学"中来回来去地谈文本的意义阐发，张口闭口聊一些"关键词""中心词"；或者更简单，只能拿貌似深奥实则粗糙的理论来阐发。这些理论往往都是放之四海而皆准的，同时也是皆不准的，放在任何文学类型上都适宜。并且他们的所谓"比较"（仅仅从结构、语言、故事情节去阐发）根本也不叫比较，在我看来充其量也就是一种牵强附会的"对比"而已。

在我看来，设立"比较文学"专业的院校越多、给"比较文学"的帽子撮得越高，对于当下的中国文学越没有意义，往好了说，也仅仅算是又一种吓唬别人兼蒙骗自己的"屠龙术"而已。数十年的实践证明，中国的"比较文学"与中国的当代文学创作完全是不相干的两样东西，文学是文学，"比较文学"是"比较文学"，二者既无关联更不交叉，谁也搞不清对方在做什么。从事文学创作的人搞不清从事"比较文学"的人在做什么尚情有可原，而从事"比较文学"的人搞不清从事文学创作的人在做什么，就如同一个做熟肉制品的人不知道他要卤的肉是猪肉还是羊肉，要知道二者味道不一样，价钱也不一样。

一位前辈曾多次对我谈到当今从事文学的人有许多都属于是择业的误会，在我来看，有些人从事文学无疑是属于误会，有些人，乍看起来是误会，而实质也算不得是真误会。他们原本就对文学谈不上热爱，仅仅是想拿文学来说事儿而已，或充当门面，或权做饭碗，或招摇过市，或招摇撞骗。就像我上述那两个考研的学生，甚至根本就没搞清楚"比较文学"是个啥劳什子玩意，却在反复权衡后，还是瞄准了这一学科的学位，既然只对外语水平要求严格，那就搞"比较文学"吧，自己原本就是迷糊的，更不怕别人把自己再给绕迷糊了。

　　我发现，对于当下的一些人，你千万别打听他们每天都在干什么，那差不多算是国家机密。你只要知道他每天忙得都很"高端"并且每天都会忙到不行就好了，而当你想要和他随便交流一下的时候，他一定会用一大堆你搞不懂的"关键词""中心词"砸晕你，没错，他们就是干这个的。

意想不到的好处

　　1941 年 12 月，因二战中的珍珠港事件，美国举全国之力参战，各行各业都被动员起来，道布尔迪、企鹅、兰登书屋等美国国内著名书商组成了"战时书籍委员会"，他们以最快速度推出了"部队版平装书"。这些书依照美军士兵制服口袋大小"量身定制"，内文采用新闻纸，封面采用再生纸，在降低成本的同时，大量印刷，免费发放给每一位参战的美军官兵。

　　从 1941 年到二战结束的 1945 年，短短四年间，"部队版平装书"共计出版了 1322 种、1.2 亿册，美军人手数十册。他们在转移途中读，在甲板上读，在营地里读，在防空洞里读，在野战医院的病床上读……许多人就是在战争期间结识了海明威、福克纳、康拉德等作家，就是在枪林弹雨的间隙喜欢上了《简·爱》《烟草路》《布鲁克林有棵树》等纯文学书籍的。尤其是《了不起的盖茨比》，深受官兵欢迎，15万本被运往欧洲战场竟然还不够，其作者菲茨杰拉德最终得以跻身美国大作家行列应该与美军官兵对他的追捧分不开。

"战时书籍委员会"培养了一代美国读者的阅读习惯，被后人称为"意想不到的好处"。要知道，在此之前，许多美国士兵尤其是来自社会底层的士兵是根本没有阅读文学书籍之可能性的。二战后，这些"非普通读者"的阅读趣味多半保留下来，影响了他们一生，也影响到美国主流社会对文学经典书籍阅读的喜好与重视。

我手头有一本书，名字就叫《非普通读者》，作者是英国作家艾伦·贝内特。书中的主人公的确是一名严格意义上的"非普通读者"，但她不是美军士兵，而是英国女王伊丽莎白二世。

在作家艾伦·贝内特笔下，伊丽莎白二世因为偶然因素变成了一个嗜书如命的人。从前女王在接见人时常常会问："你住在哪？那里堵车吗？"现在的问题则变成了："你最近读了什么书？"女王还定期给首相送书，并检查"作业"，让首相谈读后感。甚至，在会见外国首脑时，女王也在谈论书。比如她在与法国总统见面时，女王急于要和法国总统探讨的不是"国际大事"，而是法国荒诞派作家让·冉内的作品，而最感到尴尬的则是法国总统，他竟然不知道本国还有一位叫冉内的作家。

在这本书里，女王喜欢的作家不仅有让·冉内，还有乔治·艾略特、E.M.福斯特、托马斯·哈代、萨尔曼·拉什迪等不下几十位作家。作为一部纯粹虚构的文学作品，伊丽莎白二世女王成了作家意图表达自身的"道具"。在贝内特的笔下,文学与书籍凌驾于一切之上,甚至比政治或国家大事还重要。

伊丽莎白女王并没有因为贝内特把她写进小说不高兴,反之,她两次打算授予贝内特爵位,但都被贝内特拒绝了。因为贝内特把女王写进他的小说里并不是要去讨好谁,而是因为1997年,贝内特被查出了癌症,在之后的日子里,阅读成为他战胜病魔的重要支撑与手段。贝内特在阅读中获得了动力和"新生",所以,他在病情稳定后,用《非普通读者》这部畅销书告诉读者阅读对人的好处,他希望有更多的人像他一样能够从书籍中得到帮助和力量。

无独有偶,加拿大女作家艾丽丝·门罗2009年被查出身患癌症。此后,她深居简出,减少了写作,把大多数时间用来阅读。在治疗的间隙阅读,在休养的同时阅读。2013年,门罗获得了诺贝尔文学奖,因为身体原因,她没能去斯德哥尔摩领奖,但她在此后多次的表述中,都讲到阅读对她写作和身体的裨益,胜过许多食物和药物。

科学研究发现,仅仅6分钟的安静阅读就能将人的压力水平减少超过三分之二,好过听音乐和外出散步。在一个信息爆炸的时代,阅读所需要的注意力能使大脑放松,能松弛紧张的肌肉并降低心率。换句话说,高质量的阅读不仅可以增添智慧,还可以给阅读者的身心带来意想不到的好处。

当年的许多美军士兵都是走出校门后第一次拿起书来阅读,很多人起初只是缘于无奈和无聊。战争的确改变了世界格局,而阅读却改变了一群人。

植物的呼吸 VS 矿物的记忆

从 2007 年 4 月开始，加拿大作家扬·马特尔坚持每两周给一个人寄去一本书，随书还附上一封信。收书人是加拿大总理斯蒂芬·哈珀。在加拿大乃至整个北美洲，马特尔都具有不小的知名度，因为他不仅是英语文学著名奖项——曼布克奖获得者，而且他的作品《少年PI 的奇幻漂流》也是西方世界的畅销书。马特尔寄给哈珀的全都是世界经典作家的传世作品。包括托尔斯泰、海明威、卡夫卡、博尔赫斯、伍尔夫等人的作品。他在信中循循善诱地希望哈珀能够多读一些文学经典，领悟"文学的美妙之处"。

马特尔与哈珀不认识，哈珀也从未给马特尔回过信，只是让手下人作为一种礼貌回函给马特尔说"书已收到，感谢"等。但马特尔不介意，他依旧给哈珀寄书寄信，而他的理由很简单，因为他从新闻中没有听说过哈珀喜欢读任何一部文学作品，唯一报道过的一次是说哈珀喜欢读《吉尼斯世界纪录》，这让马特尔很揪心。因为在马特尔来看，一个普通人读不读书属于个人喜好，但一个手握重权的人不读书，尤其是不读文学经典，则会对国民造成许多意想不到的影响。马特尔说："比如斯蒂芬·哈珀——有权凌驾于我，我就有权了解此人的想象力的本性和品质，因为他的梦想可能成为我的噩梦。"马特尔还曾经向哈珀寄出过鲁迅的《狂人日记》，并附信道："要了解一个国家，必须了解这个国家的梦想以及那些怀抱梦想的人。"他同时提醒哈珀，即使再忙，也要每天抽出几分钟读书。

虽然没有得到回信，但马特尔相信他的举动一定会有作用，至少会促使哈珀对传统纸质书籍更加关注。因为，按照心理学解释，当一个成年人面对传统书籍和电子书同时可供选择的时候，他多半会选择传统纸质书籍。

有一个阶段，因为要从网上买书，我常能得到网站的小奖励，这奖励不是别的，而是电子书。但我从没有接受过这份奖励或好意。因为尽管我承认电子书内存的无比强大，却又想象不出自己面对没有书香、不需要翻动也不需要借助书签的电子书的时候，是否还有过往那种读书的感觉。

读书需要感觉吗？我想是需要的。意大利当代著名作家翁贝托·埃科有一部写给全世界爱书人的书，名叫《植物的记忆与藏书乐》。在书中，埃科把传统书籍定义为"由麻、树皮或木柴制成的纸张，因而属于植物的记忆"；而电子书的原材料是硅，属于矿物的记忆。二者的区别显而易见。植物是有生命力和能够被感知到呼吸的，甚至也是有血有肉的，而矿物则是冰冷的，是感觉不到任何呼吸的。

一个读书人对书籍的热爱，往往并不限于内容。就像一个人面对自己相濡以沫的爱人，爱的肯定是对方整体。更何况纸质书还拥有多种功用，它的模样，它的味道，乃至它的残损与墨迹，都可能关联一串记忆；而电子书以及其他电子阅读媒介，往往是将书的内容与身体剥离，不仅使得书籍原本所具有的年代、版本、品相与出版者失去意义，而且让藏书家从此再无立锥之地，所谓书房更可以简化成一个纸箱。再者，读书人有很强的自我意识，不想人云亦云，不要千篇一律；而电子书恰恰面目统一且可以无限制地随意复制，小小空间或许容纳了几十乃至成百上千部作品，一个电子书里如同拥有着无数生命与灵魂，但就像埃科所说的那样："拥有很多生命很多灵魂，就如同没有任何生命和灵魂。"

记得我小时候，饺子机的出现被媒体称为一项"重大发明创造"，曾被提升到"解放国人业余时间"的高度。但很快便风光不再，甚至饭店食堂纷纷打出"人工水饺"招牌，以区别机器生产的水饺。何以如此呢？其实就因为机器生产出的水饺被抽离了人的感情热度与亲情温度。要知道，时间固然重要，但中国人更愿意亲朋围在一起，包的过程，也是亲情融洽的过程，每一颗水饺被捏紧的褶缝里，有妈妈的味道，更有感情的温度。传统书籍也是如此，它承载的不光是历史和记忆，更承载了我们的感情与热爱。

被消费或者误读的卡佛

　　一个作家的作品被人喜欢和推崇，除却作品自身的斤两厚薄之外，其他因素也是不能忽略的。据说雨果喜欢读夏多布里昂的作品，主要是因为后者和他一样超喜欢吃法国布列塔尼半岛上的一种小吃；萨克雷喜欢狄更斯，则是因为感恩。话说萨克雷尚没有在文坛大红大紫之年份，因酷爱绘画，便毛遂自荐给狄更斯画小说插图，结果狄更斯看了萨克雷的画后说："如果这是画的话，我看还是算了吧，你写给我的信要比你的画生动百倍，干吗不试着写写！"于是萨克雷就转而写小说了，且得到了狄更斯不少帮助。即使到后来萨克雷因写作《名利场》而一炮走红，对狄更斯的小说，萨克雷经常是还没看，就对人讲："那可真是一部伟大的作品啊！"笔者认得的一个人，老家在陕南，因与某位从陕南山区走出来的作家系同乡，视那位作家如自己一位没有写到户口本里去的家人，只要那位作家有新作面世，他一定踏破铁鞋搞到手，还不许别人讲他老乡写得不好，为此竟与人翻过脸。这些人喜欢一个作家的作品，理由未必都是建立在文本上，多半算爱屋及乌，属于"好也爱你坏也爱你"一类，有点儿像当今为刘德华站脚助威的粉丝不会跑到张学友的场子里去摇晃荧光棒，虽未免偏执了点儿，却让笔者打心底生出些许敬佩，觉得总比那些被报刊和网站一忽悠，说哪个人写得好，讲哪本书不得了，就尾随在屁股后边一溜儿小跑，一路振臂喊好的人，要可爱许多。

之所以觉得这"偏执"也附带有几分可爱，是因为，在当今这样一个浅阅读、轻阅读、快阅读大行其道的时代，人们在疲于奔命之余，对自己读什么样的文学作品以及所读文学作品的好坏是不太当真的。即使媒体炒作说某一部作品"好"得一塌糊涂，结果读了感觉完全不是那样一回事儿，也不是非得找谁去算账不可，日子该怎样过还怎样过。而且世界变了，文学的生产方式变了，文学的现身之地自然也就与过去大不相同。应该说，文学的概念从没有像今天这样变得如此宽泛，举凡和文字沾边的东西，比如微博、短信、电视剧乃至网络游戏都可以被贴上文学的标签，这种"泛文学"的结果反过来自然会影响到读者对作家身份的认知和对文学作品的态度。喜欢上网的读者在各大读书购书网站首页看到的永远都是畅销书的天下，排在"排行榜"上的作品据说也是书商与经销商共同"打榜"的结果，所看到的评论则多半是由"被组织"的枪手精心炮制出来的，不由你不相信这是一部如何如何了不起的大作品……说起来，喜欢人云亦云本来就是我们日常生活的一种常态，不仅符合趋同心理，又最大限度地规避了风险。而且读书这事儿又不像吃东西，有胃口帮自己拿主意，读书原本在当下就显得矫情且小众，倒不如干脆让人家给自己出谋划策，解闷，消闲，自是越少动脑筋越好。其实读什么样的书在当下也反映了一种流行审美趋向，比如别人都在读某某职场或某某官场小说，这些小说的网上点击率据说是多么惊人、纸质书的印数据说又多么吓人，还有诸多圈内名人不遗余力的推荐语赫然被印在封面，显然这就是好作品啊！你读，就是顺理成章；你读，就说明你并没有和这个时代较劲儿的坏习惯。于是文学也就大模大样地进入了一个"被消费""被时尚""被好看""被经典"的时代。

在我来看，至少到目前为止，包装一名作家或一部文学作品显然要比包装一名娱乐圈里的明星或一部影视剧的成本更低，且成功率更高。至于被包装作家的文学水准高低固然需要判断，但不是主要因素，主要因素是看这个作家及其作品里能不能找到"被时尚"或"被好看"的"卖点"。这其实说白了和娱乐圈里炒作一个明星或一部影视作品的"套路"并行不悖。即使没有电影《色·戒》的哄抬，张爱玲在一般人群当中也是颇有知名度的，虽然张爱玲的文学水准配得上她的这一知名度，但如果没有各方给力且持续的热炒，也难说她能有今天这样在大众文化中的知名度。记得很多年以前，有个还在上小学的女孩子就天真地问过我，那个叫张爱玲的阿姨演过哪部电视剧？我想，对当今的不少作家而言，如果能够被老百姓哪怕是小学生混同于娱乐圈里的人物显然是一件梦寐以求的好事儿。

有人曾经对张爱玲在当下被消费成"小资""时尚"乃至卡通片里的符号和人物感到不解，甚至还在为文学的张爱玲被篡改成俗世的张爱玲感到愤愤不平，却忽略了张爱玲有可能被拿来消费的诸多元素：年少成名，爱情不幸，女人并且是具有旧上海味道的穿旗袍的精致女人，曾长时期被排斥在主流之外，多数作品中有对女性和爱情的细腻描写……于是，她的孤独和苍凉就被不动声色地转化成符合现代消费的"亮点"和"卖点"。其实，这些年来"被消费"的何止一个张爱玲？当村上春树、雷蒙德·卡佛这些国外严肃作家都成为与时尚消费甚至与"小资品味"挂钩的人物的时候，我想说的是，这到底是我们的书商和炒作者的预谋呢，还是我们某些人的鉴别能力出了问题？

有人会因为爱鲁迅，所以就爱周作人吗？好像没有。但因为喜欢张爱玲，便喜欢上胡兰成的大有人在。而因为追捧村上春树，所以成为雷蒙德·卡佛的粉丝也不在少数。究其缘由，在我来看，无论是张爱玲也好，村上春树也罢，他们既然"被代表"的是小资、时尚、前卫乃至与年轻有关的各种情绪化、个人化的消费符号，于是乎，与这些符号发生关联的人和物，自然也就属于一个"战壕"里的人了。而鲁迅是一块硬骨头，他的文字，他的位置，他的分量，甚至他的相貌，是那么严肃，是那么不买账，与"小资"呀"闲适"呀隔着十万八千里地呢！或者说，把鲁迅往"时尚""小资"方向消费，不仅极具难度，而且还充满了危险，弄不好会把炒家自己给"折"进去。

据说村上春树在中国年轻人当中的名气后来大到了连他自己都感到迷惑的地步，这位拥有"严肃文学终极理想"的作家对自己在异国他乡的走红且所具有的高版税当然发自内心地高兴，但对于他的名字被视为"时尚"和"前卫"的大众文化符号，显然超出了一位不喜欢热闹的作家的理解范畴。而村上春树以及雷蒙德·卡佛在我们国家的"被消费"不知道是文学的幸事还是不幸。因为，至少在我来看，有不少年轻人追捧村上春树是把他当成了外国的郭敬明，而雷蒙德·卡佛既然是村上春树喜欢的作家，自然也就是广大村上春树的粉丝所喜欢的作家。

村上春树喜欢雷蒙德·卡佛，无疑已经到了爱屋及乌的程度。他不仅翻译了卡佛的所有作品给日本读者，他甚至因为喜欢雷蒙德·卡佛，而把自己的一部作品命名为《当我们跑步的时候，我们在想些什么》，原因仅仅是雷蒙德·卡佛有一本短篇小说集叫《当我们谈论爱情的时候，我们在谈论什么》。尽管如此，村上春树也并没有过分拔高卡佛在美国文学中的地位，他在评价卡佛文学成就的时候还算中肯，把卡佛放到了"考德威尔和斯坦贝克之间"。村上春树在给自己的偶像"定位"时，显然破费踌躇，甚至是小心翼翼，他说卡佛的地位介乎"考德威尔和斯坦贝克之间"应该是带有试探性的，或许在他的心目中，雷蒙德·卡佛的位置比海明威还高也未可知。而在我来看，说卡佛的文学地位在"考德威尔和斯坦贝克之间"已经很了不得啦！

如果我们把翻译的水平当作一个维持不变的常态值的话，在美国众多的小说家中，我觉得卡佛算不上特别出众，这和他是否来自底层的生活履历没有关系。如果倒退几十年的话，难说不会有人把卡佛包装成一个类似于小林多喜二一样的无产阶级革命作家，或者美国腐朽的资本主义社会被压迫的工人阶级作家的代表，就像当年有人如此"包装"过杰克·伦敦一样。卡佛的底层经历无疑帮了他的忙，这使得他有了足够的"噱头"被我们国内的一些人炒作，比如有人把他的穷困和酗酒当作一种"波希米亚"式的生活追求，就像当年"垮掉的一代"作家那样，反正一生多数时间潦倒的卡佛至少比一辈子闷在书斋里的索尔·贝娄那样的美国作家更有"卖点"。我认为，卡佛的确算得上是一位出色的短篇小说家，但他的出色和不少人所赋予他的众多溢美之词不相干。在同样主要以短篇小说示人的美国作家里，我觉得卡佛和奥康纳甚至与契弗都还有差距。当然，还是那句话，仁者见仁，智者见智，对待文学作品更是如此。我反感的是，不管出于何种心理和目的，有人因为要推崇一方，总是要以否定其他方来突显价值，在对待卡佛上似乎也不例外，这同样是一种暴力。

从我所见的雷蒙德·卡佛有限的几张照片来看，卡佛更像是一名技术工人，他和我见过的我们国家国企里面的中年技工看上去没什么两样。卡佛的面孔天生就不属于上流社会，这是一张不同于其他美国作家的面孔，既不文艺也不深沉，而是和他从事过的工作同样朴素。

如果说村上春树的一些作品里因为有了淡淡的忧伤，有了酒吧高凳，有了青涩和狂野的性，所以具备了"被消费"成小资的元素，那么卡佛又是怎样"被消费"的呢？除了因村上春树而爱屋及乌外，卡佛的美国底层蓝领工人的身份以及他小说中所表现的"极简主义"无疑是重要的元素。多年来，我们习惯了一种"二分法"，就比方说你如果不喜欢、不推崇"极简主义"，那好，你一定就是喜欢《奥勃洛摩夫》里那样的"车轱辘话"。其实，我倒觉得卡佛小说中的"简约"，或说有评论家所总结的"极简主义"，究其在卡佛小说里形成的原因，或许正像卡佛本人所说的那样："对于我那些所谓的文学尝试，我需要看到触手可及的成果。所以我有意识地，当然也是不得不，把自己局限于写那些我知道我能够坐下来一次写完的东西，最多两次。"我理解，卡佛不是专业作家，卡佛也不是那种可以在衣食无忧的状态下"业余"玩票的白领作家，卡佛人生的绝大部分时间都是一名蓝领工人，而且多半都是以临时工的身份出现，无论是清洁工还是看门人。他要养家糊口，他的电话常年都要保持开机状态，他的工装也总是放在自己方便取用的地方，因为他随时要出去干一些能够给家里赚到几天面包和威士忌的钱。他没有时间更没有心情去把他笔下的人物复杂化，他不能坐在打字机前和那些大段大段的景色或心理描写较劲儿。

马克·吐温曾经说过，他之所以习惯写短篇小说，主要是因为他很难像别的作家那样拿出几个星期甚至几个月的时间去和一篇小说朝夕相处。马克·吐温12岁就自谋出路，他补过皮鞋，做过报纸投递员、印刷厂排字工、矿工，与他情况相近的美国作家还有欧·亨利。这样说不是贬低了某些作家的价值或者短篇小说这种文体，恰恰相反，与当今中国文学每年数千部的长篇小说出版量（占世界长篇小说年出版量的五分之三）相比，短篇小说不仅更接近于文学本身且更具文学魅力，而且坚持短篇小说创作的作家事实证明都是文学素养相当强的作家。但我要说的是，雷蒙德·卡佛的"极简主义"或许就像他自己所说的那样，并不神秘。而"蓝领""酗酒"等只是他的个人身份与个人缺陷而已，并没有其他"被发挥"的空间。从某种意义上说，雷蒙德·卡佛和卡夫卡有异曲同工的地方，尽管他们职业不同，写法各异，但我以为他们都是用生命来体验严肃文学创作的人，这也包括村上春树，他们的"被时尚""被消费"与他们的创作本身没有关系。

鲁迅先生有一句话，说得很有意思，他说："譬如勇士，也战斗，也休息，也饮食，自然也性交，如果只取他末一点，画起像来，挂在妓院里，尊为性交大师，那当然也不能说是毫无根据的，然而，岂不冤哉！"所以，我觉得，对于当下文化消费领域中无孔不入的娱乐化倾向，对于那些不幸也或有幸"被时尚""被消费"的作家，"被误读"难道是炒作和大卖的代价吗？"被误读"对于原本忙忙碌碌就是随便翻翻的读者倒也无妨，但对于当事人而言，岂不冤哉！

经典的出处　大师的来处

　　古人说过，"开卷有益"，这是个绝对真理。古人还说过"敬惜字纸"，在古代文人或说古代读书人的眼睛里，凡是对待有文字的纸张，都应该采取一种小心翼翼进而神圣珍重的态度。这在今天来看当然未必可取，那反映了物质匮乏的时代出版物不普及的小农经济社会中的惜物心态。但也应该看到的是，这种对书籍崇拜的传统，是咱们中国知识分子薪火相传的宝贵精神财富，是咱们中国文化得以数千年赖以不坠的基础，也是古往今来所有那些焚书者遭到全体中国人憎恶和诅咒的根本原因。

　　2015 年 10 月 11 日，曼布克文学奖在英国伦敦颁奖，牙买加作家马龙·詹姆斯以他的长篇小说《七次谋杀历史》获奖。曼布克奖是英语世界文坛长篇小说创作最高奖，在国际上被公认是仅次于诺贝尔文学奖的奖项。詹姆斯的获奖也让世界在知道"飞人"博尔特之外，开始关注牙买加文学和牙买加作家。在发表感言时，詹姆斯说他要感谢阅读，是阅读使他成为一名"严格意义上的作家"。没错，詹姆斯从创作伊始，便始终保持着充沛的阅读量，在写作《七次谋杀历史》间隙，他就阅读了福克纳、伍尔夫、托尼·莫里森等作家的总计40部作品。

作家该不该读书，或说该不该多读书，原本不该是个问题，然而当下它的确又是一个问题。应该承认，当下千变万化的社会生活显然比文学作品所能提供给读者的更加生动，既如此，作家只需要向生活学习就好了，只需要有智慧和技巧结构一个好看的故事就好了，读书与其说是"规定动作"，不如说是"自选动作"，阅读与创作的关系从来没有像今天这样模糊。创作真的如此简单吗？岛国牙买加曾历经腥风血雨，许多事件马龙·詹姆斯都是亲历者，生活积累不可谓不厚实，但这并不妨碍他在位于牙买加首都金斯顿郊区的家里阅读了这个世界上大多数经典作家的作品。因为丰厚的生活积累是一回事，阅读是另一回事，二者是创作并行不悖的两翼。

有人说作家读书多了会"读死"，变得迂腐，作家即使读也该读金庸、梁羽生、古龙等人的书，为什么呢？因为他们的书节奏快，故事好看，读者欢迎，作家从中可以学习如何谋篇布局。在我来看，这原本就是个伪问题，作家不读书干脆就去卖红薯算了。但我同意一个观点，多读书未必与多藏书之间可以画等号，换句话说，藏书少的人未见得读书就少。钱钟书的藏书不多，可他总是手不释卷，他的夫人杨绛先生就说："钱先生有书就赶紧读，读了总是做笔记，所以我家没有大量藏书。"真应了那句话，"书非借不能读也"。哲学家熊十力先生的藏书也不多，甚至有人认为他根本"没有藏书"。但他的学生却说他"殊不知上下四方，万象森列，却是先生的书库，先生平时仰观俯察，观其会通"。熊先生是中国近现代的大哲学家，而哲学从古希腊开始便是从宇宙自然以及社会这些个大书中获取精髓的，谁能告诉我，柏拉图又有多少藏书？

美国作家萨姆·萨维奇的成名作名为《书虫小鼠》，说的是一只靠啃食书页充饥的老鼠，有一天却读懂了它所吃下去的所有书籍，变成了一只饱读诗书的老鼠，这只老鼠甚至开始瞧不起那些整天只知道在网络上搜寻所需知识的人类。《书虫小鼠》在美国被称为是对网络化社会的一种反讽。在我们身边，也不断有人预言纸质书籍与纸质媒体一样，会在不久的将来消失，说什么仅仅一张芯片便可以将古今中外所有书籍一网打尽，如此成本低廉，如此轻巧便捷，那还要满屋子书做什么！貌似有道理，可就像有了录像带与光碟，也并没有让电影院消失一样，一本实实在在的书能成为我们的朋友，而网络，更像工具。我始终觉得眼睛盯着屏幕去看，是查资料，与读书关系不大。而且，一本需要你花钱买来，腾出时间，选择一个安静的所在，甚至需要你擦手之后才轻轻翻开的书，与你随意点开网页浏览的文字，从心理到生理的感觉实际上都是不同的，不信你就试试。

为什么我们身边许多本来还不错的作家，刚写出几部作品就不见了？当然有人是忙于文学之外的事情去了，但我以为，这和一些作家的积累不够、读书不够有很大关系。梁漱溟先生说过，学问是关乎自己生命的事，解决的是自己的生命难题。曹雪芹的《红楼梦》，李白杜甫的诗歌，苏东坡的词，司马迁的《史记》，等等，莫不如此。正因为他们把自己的生命都投入进去了，他们用自己的生命留下这些文字，所以那才是真正的文学。要知道李白不光能"斗酒诗百篇"，他还是读书的大家；苏东坡即使在杭州做官的时候，少读一日书都是要自罚的。

在我来看，只有通过高质量的阅读，你才会发现，大师原来都是有来处的。比如湖畔派诗人对艾米莉·勃朗特的影响，艾米莉·勃朗特对福克纳的影响，福克纳对马尔克斯的影响，马尔克斯对莫言的影响……读书并不能让我们变得精明，却可以让我们认清自己以及他人。

郁达夫说："绝交流俗因耽懒，出卖文章为买书。"法国作家夏尔·丹齐格在《为什么读书》一书中说："书，是用来读的，读比拥有重要得多。"其实，二者说的并不矛盾，郁达夫喜欢中国文人坐拥书城的感觉，而丹齐格更有实用主义色彩，说到底，藏书的多与少，最终都要落实在一个"读"字上。

我相信这样一种说法，生活是创作的源头，阅读是创作的基础。美国大作家纳博科夫最喜欢的书是卢梭的《忏悔录》。他的小说《洛丽塔》写成于1953年，副标题便是"一个白人鳏夫的自白"，这显然是受到《忏悔录》的影响。小说中的主人公名叫让-雅克·亨伯特，而卢梭的全名便是让-雅克·卢梭。当今西方影响力最大的作家之一——意大利作家翁贝托·埃科崇拜纳博科夫，阅读过纳博科夫的所有作品，他创作了一部名为《乃莉塔》的小说，从标题到人物到语言全面模仿《洛丽塔》，埃科称是以此向他崇拜的纳博科夫致敬。可以说，没有《忏悔录》就没有《洛丽塔》，没有《洛丽塔》就没有《乃莉塔》，而这一切的基础就是阅读。

1981 年的诺贝尔文学奖授给了英国作家埃利亚斯·卡内蒂。卡内蒂的最重要作品是长篇小说《迷惘》，在书中，他所塑造的藏书迷彼得·基恩已经成为全世界藏书迷心中不可磨灭的形象。之所以要塑造一个藏书迷形象，是因为卡内蒂自己就是一个藏书迷，他的阅读是疯狂的，卡内蒂曾说他在写作时经常混淆了自己与书中要刻画的人物。

诗人木心先生那部长达 1102 页的《文学回忆录》是他的世界文学史讲义辑录，读之，你会诧异作者竟然涉猎过如此多的书籍。木心是将阅读与创作结合得很好的作家，他的《文学回忆录》虽然缺少文本分析，却处处能够体现阅读与创作的关系。浙江乌镇的木心纪念馆里有木心从十几岁开始阅读过的文学经典名著，只有看到它们，才明白，什么才配叫作"终生阅读"。

创作为何需要阅读？一定能说出许多理由，而我的理由是，只有充沛的阅读才能使一个作家或一个人懂得谦逊、远离狂妄。

文章乾坤大　壶中日月长

　　文人喝酒似天经地义，不喝酒倒属另类。我年少时特喜欢"竹林七贤"里的刘伶和阮籍，都是一言不合就能饮几斤酒下肚的主儿，饮后还会长啸，还会舞之蹈之，感觉好不潇洒。在古代，一个人要想成为别人眼中的名士，喝酒大约算一道硬槛儿。东晋人王恭就曾给名士定下"标准"，即"名士不必须奇才，但使常得无事，痛饮酒，熟读《离骚》，便可称名士"。意思是说，名士最好不要从事具体的工作；其次要能饮酒、酒德好；再次要多读像《离骚》那样的好作品。古人喝酒也不像如今，作家古龙曾说中国从隋唐至两宋，酒场上的"弄潮儿"非黄酒莫属。李白当年喝的酒应该就是黄酒，而黄酒那种婉约低调兼回味绵长的酒性其实与文人的情怀和脾胃更搭，至于烈性酒，则感觉更硬朗也更草莽，适合李元霸李逵那般人物。

　　美国于 20 世纪曾有挺长一段的禁酒时期，但恰恰是因为禁酒，反倒让有些原本就自带叛逆性格的文人饮下去更多的酒。20世纪美国著名文学评论家艾德蒙·威尔逊便是对抗"禁酒令"的急先锋，以致人们经常忘记他对美国文学的贡献，也不记得他出版的大量文学评论专著，只记得他于 1927 年创作的那本洛阳纸贵并让后来的罗斯福总统取消"禁酒令"的《禁酒时期词典》。而该书与富兰克林写于 18 世纪的《饮酒者字典》如今被并称为美国"关于酒的百科全书"。

　　在美国所有获得诺贝尔文学奖的作家中，据说只有三位不算酒鬼，他们分别是赛珍珠、索尔·贝娄、艾萨克·辛格。海明威、福克纳和斯坦贝克被称为"美国文坛'三大酒'"，福克纳就曾对他的朋友说"我饮了一杯马丁尼酒后就觉得大了一些，高了一些，聪明了一些。当我饮了第二杯，我会觉得超然。再饮几杯，我会觉得我的能力无限"。但酒量最大的却并非这三位，而是另两位诺贝尔文学奖获得者——辛克莱·刘易斯、尤金·奥尼尔。其中辛克莱·刘易斯每次都是将自己眼前的整瓶威士忌一饮而尽，然后又去开下一瓶，结果不得不被作家同行们送进戒酒疗养院；而在纽约和芝加哥都有著名的酒馆在店外挂出"禁止辛克莱·刘易斯入内"的标识，《纽约时报》就曾记录下这样一段情节：有一次刘易斯坐在某酒馆门前的人行道上自言自语道："我是美国第一个获诺贝尔文学奖的有什么用？连一家酒馆也进不去！"因写作《了不起的盖茨比》成名的菲茨杰拉德曾认为自己比刘易斯酒量更好，但事实证明他的酒量甚至还远远比不上崇拜他的两个晚辈——卡森·麦卡勒斯与雷蒙德·卡佛。麦卡勒斯每天要喝一整瓶白兰地；而卡佛当年曾经与另一位作家约翰·契弗是很好的酒友，而卡佛的早逝被证明主要缘于其嗜酒。卡佛最忠诚的粉丝——村上春树，说自己唯一不喜欢的就是偶像（卡佛）的嗜酒，村上春树对酒很有研究，却不嗜酒，他认为喝酒最好浅尝辄止，酒并非文人创作必需。

看西南联大校长梅贻琦的《西南联大日记》，发现里面经常会提到酒。与老舍、郑天挺、罗常培、蒋梦麟等人喝酒，经常是人家做东梅贻琦带酒，少则两瓶多则三四瓶。有一回他和老舍等六人就喝了五瓶白酒。《西南联大日记》结于1946年4月19日，而就在这天，梅贻琦忙完公事后进城还赶了两个文人的酒局，从日记中能看到，文人们谁都没把梅当校长看，倒是梅贻琦席间言谈举止透着对文人的恭敬。文人眼里不揉沙子，少有哪个"领导"能入法眼，唯梅身后却赢得"翕然称之""胥无异词"。

丰子恺从青年起便爱酒，尤好黄酒。与他儿子的300余封通信里经常会提到酒。哪天喝了酒，喝了多少，他都会告诉自己的儿子。20世纪六七十年代，有段时间丰子恺差不多每天都要被带走批斗。接受批斗一站就是六七个钟头，彼时他已年近七旬，但他很淡然，每天回家都会烫一壶黄酒自斟自饮。他年轻时曾画过一幅画，画的是在类似乡村酒店的地方，几个人热闹地喝酒划拳，唯一人在一旁自斟自饮。丰子恺在画上题了唐代高适的两句诗："可叹无知己，高阳一酒徒。"喝罢黄酒，丰子恺便早早睡下，因凌晨四点前一定要起床，他要画《护生画集》，以完成自己对老师李叔同的承诺。早上六点准时收工，他会把画成的作品藏好，接着便整装坐在庭院里等待来人带他去批斗，每天周而复始。

酒，无疑是令丰子恺得以挨过那些个动荡与寒冷日子的最大慰藉，对一个真正的文人而言，平常岁月里的酒，或许只是他的灵感来源之一；而在那些个非常日子里，酒却化身为温暖且忠诚的陪伴，令其在"可叹无知己"的情境下，依旧能够感知到这人世间一丝丝温暖。

当文人握住枪杆子

从前读金庸小说，没来由就记住了《碧血剑》中的几句话："明朝一向文官带兵，但偏巧运气好，去辽东带兵的熊廷弼等人，都有军事才能。"后来想想，金庸这话的确没讲错，有明一朝，领兵打仗者出身秀才的比比皆是。从最早的于谦，到最后的袁崇焕、史可法等，皆系文人出身。就说姚雪垠的《李自成》吧，书中人物里最能打的官军将领非卢象升莫属。而卢象升就是进士出身，文章写得一级棒，打仗同样一级棒。他率军横扫中原，打得闯王高迎祥一蹶不振，打得张献忠望风而逃，七顶山一役，几乎把彼时李自成的精锐歼灭殆尽。卢还是抗清名将，1638 年 12 月，卢率孤军与数倍于己的清军精锐遭遇，战死于巨鹿。诚如后来桐城派大家方苞所言："明之亡，始于孙高阳之退休，成于卢忠烈之死败。"

孔子的教育理念要求贵族士大夫不仅要读"六经",而且要会"六艺",军事便含于"六艺"之中。所以我们看春秋战国、秦汉魏晋,文人出行都是要带剑的,像管仲、班超那样的文人皆可带兵打仗。而到了宋代,文人带兵打仗就更普遍了,李纲、陆游、范成大、文天祥等人皆经战阵,其中属范仲淹与辛弃疾最能打,岳飞那就更不用说了,就连写《梦溪笔谈》的沈括都曾领兵与西夏交手,且战绩可圈可点。

文人带兵其实有文人带兵的好处。古代当兵的文化程度多不高,普遍敬重文化人。而文人比较体恤下情,与人交往以礼相待,多具人格魅力。比如"岳家军"能征善战便少不了岳飞人格魅力的影响;还有王阳明,他带兵打仗时有很多人就是冲着他的学问而投至麾下。要说也是,不用花钱就能学到东西,何乐而不为呢?

南梁"白袍将军"陈庆之原乃棋童一枚,不仅射箭不会,连骑马都不行,打仗得坐轿子,可就是能打胜仗,纵横江汉无敌手,以至于北朝在他活着时不敢轻易南犯,所谓"名师大将莫自牢,千军万马避白袍"。

外国文人里最能带兵的属塞万提斯。雷邦多海战爆发时,他正发高烧,躺在舰舱里昏迷不醒。但战斗一打响,他立马清醒过来,戴上头盔,操起长剑便带着他手下的弟兄冲到甲板上,两颗子弹几乎同时射中他的左臂,他昏死了过去。虽然最终他活了过来,但那条被击穿的左臂只得截肢。塞万提斯也由此获得了一个响亮的雅号——"雷邦多的独臂人"。

还有一位能带兵的外国文人是 1983 年诺贝尔文学奖获得者威廉·戈尔丁。1935 年，戈尔丁大学毕业，便开始文学创作。二战爆发，戈尔丁以中尉军衔加入英国皇家海军。作为战舰指挥官，他亲身经历了许多大的海战，最著名的一役是他参加指挥的击沉德军战舰"俾斯麦号"，后来戈尔丁还参加了著名的诺曼底登陆战役。

　　文人带兵，多非初愿，而系时代和命运使然。像秦末时少府章邯，本军事"小白"，带兵前没上过一次战场，因缘际会成了拯救秦朝的最后一根稻草，一系列胜仗令其视他人性命如草芥，自己降项羽被封了王，却眼睁睁瞧着手下 20 万关中子弟让项羽活埋，"秦奸"的帽子他算是戴牢了。

　　说实话，论审时度势，文人里大约没几个能赶得上曾国藩的。曾国藩带兵讲究"结硬寨，打呆仗"，核心是减少损失，积小胜为大成，这其实缘于曾国藩之不得已。胡林翼打武昌三个月，伤亡三千，貌似损失不大，但曾国藩受不起，因为他带的是子弟兵，死不起人，带兵打仗，他只能取巧。所以湘军每到新地，立马挖壕沟围城，直到把城围得水泄不通为止。曾国藩是要用世界上最笨的办法，来打世界上最聪明的仗。

　　士兵伤亡少，对当官的怨气就少。而大盛后防大衰，请辞节制四省大权，主动裁撤湘军，保全的不单是自身和子孙，还有家乡父老之福荫。曾国藩能够在鼎盛期选择功成而退，令曾氏家族至今依旧繁盛，更是为后世文人做了典范，诠释了对于一个真正的文人而言，遇到国家危难，自是匹夫有责；而倘若世事安稳，那么，天下第一等好事还是读书！

天才的门槛

　　有天赋的人很多，但可以被称作天才的人却很少。叔本华认为这个世界上一亿人当中只有一个天才，"有天赋的神枪手能打中别人打不中的目标，而天才神枪手是可以打中别人看不到的目标"。他还说："天才是我们从他那儿学习而他未曾向别人学习过的人。"这门槛未免太高，如果照叔本华的意思，我们这世上能够被称作天才者恐怕凤毛麟角，因为门槛横在那儿了，绝大多数人怕是迈不过去，能迈过去的，亚里士多德算一个，他在逻辑学、自然科学、修辞学方面都是开先河者；苏格拉底、荷马、萨福等人也沾边，但这些多是两千年前的人物，近现代，"自称"或"被称作"天才的人可谓汗牛充栋，公认的却极少，爱因斯坦或许算一个。

　　1882 年，奥斯卡·王尔德到达美国，过海关的时候，他对美国海关人员说："除了我的天才，我没有什么需要申报的。"近代美国著名作家格特鲁德·斯坦因说历史上犹太人只出过三位天才：怀特海，毕加索，再有就是她自己。而另一位美国作家约瑟夫·爱泼斯坦针对此则说："王尔德和斯坦因都算不上天才，他们所拥有的只不过是宣传自己的天才罢了。"这话未免不留情面，但也不算错，虽然我喜欢王尔德，但倘使用叔本华的标准，他难说就是真正的天才。

那么，除了爱因斯坦，谁还算真正的天才呢？比较近的例子，肯定有人会想到霍金。因为不止一个人说他是"第二个爱因斯坦"。但霍金生前却对《洛杉矶时报》的记者讲："或许我符合一个残疾天才的形象。至少，我是个残疾人，虽然我不像爱因斯坦那么天才。因为公众需要英雄，当年他们让爱因斯坦成为英雄，现在他们又把我造成了英雄，尽管我远远不够格。"

记得很早前曾读过福楼拜的一篇名为《布瓦与白居谢》的小说。描写的是两个想要获得全部知识的人布瓦与白居谢，二人一起学画、种菜、培花，又一起研究化学、解剖学、生理学，还攻读历史、哲学、宗教等，并钻研催眠术，而结果却是一事无成。加拿大学者曼努埃尔说："福楼拜笔下的这两个人发现的是我们一直知道但很少相信的，那就是对知识的累积并不是知识。"这话想来倒是颇值得玩味。

的确，任何一个人的大脑都不可能保存其想知道的所有知识，人脑虽然拥有近1000亿个神经元，却没有哪个人的大脑曾被填满过。原因很简单，在一个人达到处理能力的极限之前，就已经达到了生命的极限。有人计算过，假使让一个人在 70 年寿命中学知识的速度基本恒定，那么，即使把这一数字乘以 10，这个人的知识内存最多也只有 1G，与小小的移动硬盘内存比起来只是九牛一毛。所以，寄望靠"填鸭式制造"产生天才是不现实的。

1978 年 3 月 9 日，来自全中国的 21 名少年被选拔进入中科大，成为中国首个少年班的大学生。他们当中最大的 16 岁，最小的 11 岁，都被媒体称为"少年天才"。而今 40 年过去，有媒体探访这些"小天才"后续成长发展之路，其中曾被誉为"中国第一天才少年"的宁铂，19 岁成为内地大学中最年轻的助教，但在 21 世纪初却辞职并遁入空门。还有的"天才"上大学后被劝退，有的则销声匿迹。少年天才们进入社会后的发展，无疑是面镜子，有助于我们从一个侧面审视这种所谓"天才"教育的内在问题。

霍金几乎拥有一个天才所需要的全部传奇因素，比如他生于伽利略的忌日，死于爱因斯坦的生辰，拥有聪明的大脑与多舛的命运等，但他同样认为天才不是靠"训练"获得的，比如通过一些匪夷所思的技巧和重复性的训练，教会人们快速记忆、撰写文章以及计算数字的套路。在霍金看来，天才的出现更像某种化学反应，比如一种元素与另一种元素相互作用所产生的"突变"，这可以从对高斯与爱因斯坦大脑研究中得到旁证，因为至今都没有科学结论——他们的脑结构与常人存在明显差异。

许多人最多只是有点天赋，却被奉作天才。比如踢一百场球，终于踢进一球的运动员也会被业内称为天才，还有那刚出版诗集的少年也会被文学圈称为天才，还有才演了一出戏的"鲜肉"也会被媒体捧成表演天才……于是理解了我们如今为何能那么轻易便称谁谁谁是大师，降低的看似是门槛，实则是我们对许多事物的尊崇与敬畏。

当"微软小冰"遇上"恐怖伊恩"

　　与几位来自台湾的诗人交流，没想到他们不约而同都提到了"微软小冰"，还有它的那本名为《阳光失了玻璃窗》的诗集。小冰的诗歌能够算是诗歌吗？争论是肯定的，但即使承认小冰诗歌水准的人，也认为人工智能身份的小冰们永远不可能成为莱蒙托夫与普希金，因为它们"没有血肉"。

　　"微软小冰"据说集合了中国近7亿网民多年来积累的、全部公开的文献记录，凭借微软在大数据、自然语义分析、机器学习和深度神经网络方面的技术积累，精炼为1500万条真实而有趣的语料库，通过理解对话的语境与语义，实现了超越简单人机问答的自然交互。

　　小冰在创作诗歌前，师承了1920年以来519位中国现当代诗人，学习了他们上千首诗，每学一轮只需要 0.6 分钟，经过 100 个小时 1 万次迭代学习，它获得了创作现代诗的能力。而人类编辑从它创作的数万首诗中挑出 139 首结集出版，没经过任何润色，甚至保留了小冰的错别字，连书名也是小冰自己起的。

无独有偶，就在 2018 年 10 月，一幅名为《爱德蒙·贝拉米的肖像》的画作在伦敦佳士得上拍卖，起拍价为 1 万美金，这幅画是由人工智能创作。之前，由同一人工智能创作的画曾以 1 万欧元卖出，并被巴黎某知名画廊收藏。换句话说，作为人类对抗机器人最后的"领地"——艺术创作，也正在被人工智能所染指。

事实上，无论是机器人写诗还是画画，其技术原理都差不多：诱发源（灵感的来源，信号足够充足）——创作本体（知识被诱发）——创作过程（独立于诱发源的黑盒子）——创作成果（与诱发源相关的独立作品）。艺术作为人类"铁饭碗"的地位无疑已发生动摇，虽然看上去还不是岌岌可危。

2018 年 10 月，被称为"恐怖伊恩"的英国国民作家伊恩·麦克尤恩来到中国，麦克尤恩的小说差不多攫取了除诺贝尔奖之外的所有国际重要奖项。从北京到上海的几次座谈，他被问到最多的是人工智能写作对传统写作的影响。在上海，有位研究人工智能的中国专家对麦克尤恩说，他的团队正在将几万、几十万部小说的故事脉络总结出一种计算方式，然后再用这种算法由机器批量生产小说。当问到他将如何应对这一巨大挑战甚至是即将到来的改变时，麦克尤恩的回答是：学习！换言之，也就是人类需要向技术学习，但不能跟着技术走，要走自己的路，这条路，应该是计算机永远想不到的。

有这样一条路吗？我以为是有的，麦克尤恩显然也认为是有的。那就是我们要摒弃一切现成的貌似唾手可得的"二手经验"，用自己的眼睛去观察，用自己的大脑去思考。人工智能水平只会越来越高，但艺术关乎人的动机、情感、思维和创造，人工智能可以画出一只惟妙惟肖的鸟，但它显然分不出这是一只春天般欢乐的鸟还是一只饱经风霜的鸟。

那么，什么是"二手经验"呢？在手机的方寸之间，充斥着"诗与远方"，你知道谁经常出国，谁没事吃喝玩乐，谁除了鸡汤其他一概不喝，仿佛这世上只有你在单位打卡上班并且还要应付领导一脸死样，我们的生活被各种新的技术经验所左右，仿佛这些技术支撑下所展示的就是真实生活，而实际它既没有钢铁的腥味也没有泥土的气味，有的只是"二手经验"给我们带来的焦躁，因为仿佛这就是生活的全部。然而，生活是这样吗？难道不是我们自己把解释生活的权力交给技术平台与人工智能了吗？

在伊恩·麦克尤恩最新一部小说里，男主人公买了一个与自己"长得很像"的男机器人，将它带回家充好电，却没想到这个机器人爱上了主人公的女朋友。而主人公的未来岳父是个研究莎士比亚的专家，与机器人相谈甚欢。到最后莎士比亚专家觉得眼前这个"人"这么有文化，一定就是他未来女婿。而这时候真正的未来女婿（也就是主人公）不想打破他的美梦，就自己扮演机器人，对他未来的老丈人说："我到楼下充充电去。"

"我到楼下充充电去"，我以为这句话饱含深意。再聪明的机器人也要充电，一旦断电就是堆废铁。而人类亦然，之所以作家作品那么容易被机器人模仿，是因为作家一直在模仿"二手经验"，而不是用思想去发现和研判生活，缺少甚至没有"这一个"的能力。作家的创作路数完全被机器摸清，而解决之道就是去发现并抒写那些难以被拷贝的"这一个"。因为只有作家始终保持充沛的想象力和独特的思想性，人工智能才能甘拜下风，因为技术性最怕的就是遇到思想性。

卡尔维诺年代

圣雷莫　二〇年代

圣雷莫是一座不折不扣的小城，说不折不扣，是因了小城一面依山，一面傍海，加之有数百年历史的由意大利波河平原通往法国巴黎的国道穿城而过，圣雷莫能够供人类活动的区域委实有限，满打满算不超过 10 平方公里。因而从小城出现的那天起，人口就一直没有超过 6 万。作为意大利利古里亚大区因佩里亚省最西端的一座小城，圣雷莫与法国和摩纳哥毗邻，称得上是三国鸡犬之声相闻。这里的人多半可熟练掌握意大利语和法语两种语言，因地理位置优越，从圣雷莫出发去摩纳哥首都只需要不到 20 分钟的时间，去巴黎也只要一个小时出头，比去罗马、佛罗伦萨等本国城市要便捷许多。历史上，这里以热那亚为中心被称作里维埃拉滨海地区，并于中世纪建立起了强大的城邦国家——热那亚城邦国。位于波河中上游的热那亚自立国伊始便与位于波河下游的威尼斯城邦国展开了对地中海激烈的争夺战。公元 1298 年，在一次激烈的海战过后，威尼斯城邦国的战士马可·波罗不幸成为了热那亚城邦国人的俘虏，他被关进了热那亚城里的监狱。在监狱里，马可·波罗口授写下了著名的《马可·波罗游记》。许多欧洲人被这部游记所激励，立志前去寻访神秘的东方航路，公元 1451 年的秋天，一个叫作克里斯托弗·哥伦布的人就出生在离关押马可·波罗的监狱不远处的一栋民宅内，自小他的耳朵里就装满了马可·波罗所带给这座城市的有关东方的种种神秘故事和传说，还有像中国那样古老神奇的国度，所以当他率领西班牙皇家船队浩浩荡荡扬帆远航的时候，目的地其实是中国和印度，结果却误打误撞地发现了美洲。1492 年的 10 月 15 日，哥伦布登上了巴哈马群岛的主岛——拿骚岛，标志着他正式发现了美洲，尽管当时的哥伦布还坚定地认为巴哈马群岛属于印度的外围。而神奇的是，就在哥伦布发现美洲整整 431 年后的同一天，也就是 1923 年的 10 月 15 日，一位哥伦布的小老乡出生在了离拿骚岛直线距离不足 200 海里的古巴岛上圣地亚哥附近的拉斯维加斯小镇的一家由西班牙人开的私人医院里。哥伦布小老乡的第一声啼哭，曾经让他的热带植物学家父母误认为他们的孩子未来或许是个当歌唱家的材料。

孩子的母亲给孩子取名伊卡洛·卡尔维诺,伊卡洛的意思就是"意大利",没错,夫妇俩希望他们的孩子永远记住一点,那便是他虽然出生在加勒比海上的古巴,但他的祖国永远是意大利。

1925 年,这对移民加勒比海岛国多年的热带植物学家夫妇带着他们未来的作家儿子,还有一大堆花草标本以及植物种子回到了意大利,并选择在离热那亚不足一百公里的小城圣雷莫定居下来。这不光是因为圣雷莫是未来作家的父亲的出生之地,还因了这里气候受地中海暖流影响明显,适宜这对夫妇栽培和研究热带与亚热带植物品种。卡尔维诺家在圣雷莫海边买下了一栋别墅,这座听得见潮声且被各种绿植所掩映的别墅遂成为了小卡尔维诺最早的童话生成地。别墅是卡尔维诺一家人的居住地,也是栽培花卉的试验场,同时还是因佩里亚省热带植物的研究中心。因此,卡尔维诺自幼就与大自然结下了不解之缘,在由各种稀奇古怪的植物所掩映的阔大庭院内,早慧的卡尔维诺除却阅读小说与诗歌外,便是在做各种各样千奇百怪的白日梦。直到他后来到巴黎定居,还经常会做与年少时在圣雷莫时相关联的梦。他曾对著名思想家列维·斯特劳斯说,他经常会梦到儿时家里的那座有好多叫不出名字的植物所环绕的庭院,甚至会梦到绿荫下那个正在做白日梦的孩子。这种与众不同的童年生活,为卡尔维诺后来的文学创作打下了深刻烙印,也使他的作品因富有寓言式的风格与童话般的色彩而显得别具一格。可以这样说,卡尔维诺之所以成为他人无法与之比肩的"这一个",在很大程度上要归功于他童话视角下的小说创作，寓言式的语言，不断变化的小说题材，变化莫测的故事逻辑，以及对诸多小说元素的熟稔运用，使得其他作家要想"学习"变得十分有难度，更不消说超越了。

卡尔维诺在 17 岁之前一直都生活在小城圣雷莫，由此奠定了其童话般的风格与寓言式的写作特性，还有就是决定了他对《马可·波罗游记》的天然兴趣。没错，卡尔维诺像每一个成长于利古里亚大区的孩子一样，对《马可·波罗游记》的喜爱是与生俱来的。卡尔维诺自己说过："有一些诗人和作家从马可·波罗的游记中获得启发，就像从一个幻想性的异域情调的舞台背景获得启发一样……这部书就像是想象出来的一些大陆……"无疑，卡尔维诺显然就是从《马可·波罗游记》中得到启发的作家之一，而且差不多算是这些作家里最出色的一位，比如他的《看不见的城市》，就是一些现实和梦境交织在一起、飘动在我们想象之中的"城市"，而忽必烈采纳了其宠臣马可·波罗的建议，在他用武力征服而获得的疆土上兴建城市，因为疆域辽阔，皇帝本人无法亲自去各地视察，就全凭马可·波罗每次巡察回来的述职报告了解情况。而卡尔维诺所想象出来的那些城市的模样，其实是许多耽于幻想的孩子都曾有过的想象。那些虚拟城市的名称，则像孩子们给自己的娃娃或每一只泥人所起过的名字，只是卡尔维诺将孩子们的想象用他神奇的魔法棒给点石成金了。

卡尔维诺说过："童话决定了世间男女的命运，决定了生命中受命运支配的那一部分。"而寓言呢？卡尔维诺认为，寓言是

卡尔维诺

帮助小说释放压抑、用文字反抗暴力的最佳利器。没错，在卡尔维诺的小说里，永远有最有趣的游戏、最离奇的幻想、最美的寓言和童话世界，卡尔维诺把 20 世纪小说表现形式和想象力的结合推到了前所未有的高度。

利古里亚亚平宁山脉——都灵　四○年代

1940 年，卡尔维诺 17 岁。这一年发生了一件大事，意大利在墨索里尼领导下全面法西斯化，年少的卡尔维诺被法西斯政权的基层青年组织——"青年法西斯"强制发展为成员，卡尔维诺被迫拿起了枪，穿上黑色预备役军服，掺杂于意大利正规军当中，以占领者的姿态开进了法国的沿海城市尼斯和戛纳。但战争的天平很快便发生了倾斜，随着同盟国军队的不断胜利，意大利法西斯政权被推翻，德国军队以拯救墨索里尼的名义大举开进了意大利。

利古里亚大区是意大利最狭长的一个政区，长约 270 公里，宽却只有二三十公里，它很像是一个不规则弯曲的月牙，又很像是两根伸出的臂膀，将利古里亚海紧紧环抱。利古里亚大区的面积只有 5000 多平方公里，跟中国的上海差不多大，却分布在意大利的四个省，而且除却沿海少量的平原之外，高耸的利古里亚亚平宁山脉占据了该大区的绝大部分区域。

1943 年，活跃在这一山脉里的一支游击队中多了一个身材不高面容清癯却眨着一双生动大眼睛的男青年，他便是时年只有 20 岁的作家伊塔洛·卡尔维诺。没错，这时候的卡尔维诺已经开始了文学创作，只是还没有特别像样的作品，这一点，他与同时期的另外几位作家——海明威、塞林格、诺曼·梅勒、威廉·戈尔丁以及冯内古特等人不同，那些人都是"正规军"，与卡尔维诺最为相像的是阿尔巴尼亚作家伊斯梅尔·卡达莱——他们都是活跃于高山丛林中的游击队员。卡尔维诺与卡达莱二人之间只隔着一个不算宽阔的亚得里亚海，不同的是，卡尔维诺参加的游击队是打击德国人的，而卡达莱参加的游击队则是打击意大利人的；二者的相同点——游击队都是由共产党所领导的。卡尔维诺加入的游击队名为"加里波第旅"，有旅长，也有政委。出版于 1947 年的《通向蜘蛛巢的小径》就是一部以卡尔维诺所熟悉的利古里亚亚平宁山脉的游击队活动为历史背景的长篇小说，当时的卡尔维诺年仅 24 岁。可以说这是一部迥异于其他战争题材的作品，小说抒情色彩浓厚，以丰富的想象力，通过一个未成年的孩子天真未凿而又充满好奇的目光来展现人们在抵抗运动中所经历的故事。小说既不是海明威的，更不是诺曼·梅勒的，它只属于卡尔维诺，从卡尔维诺写下第一行字开始就被打上了"卡尔维诺"标签。作品渲染了一种既反映历史现实又超越历史现实的创作意境。卡尔维诺把游击队员的生活写成像在森林里发生的童话故事一般，是那样的五彩缤纷，那样的引人入胜，那样的与众不同。

卡尔维诺当然不是一个单纯的童话作家，他其实是在用一种与众不同的方式来突显其所要表达的真实"诉求"，就像小说里游击队政委基姆对司令员的一席谈话中所讲的："那么，他们为什么要打仗呢？因为他们没有祖国。既没有真实的祖国，也没有臆造出来的祖国。但他们有勇气，因为他们身上有一股子怒气。他们的生存受到触犯和伤害，他们在生活的道路上看不到光明，他们的家又黑又脏，他们之中有人从小就学坏，满嘴脏话。只要一有风吹草动，只要走错一步或心血来潮，一气之下就会站在法西斯那一边去，并以同样的疯狂，怀着同样的仇恨去开枪扫射。对他们来说，站在我们这边还是站在他们那边都没有什么两样。"这是 24 岁的卡尔维诺对于战争、政治以及人性的思考，也表明了他的作品从创作伊始便是"入世"的，与其他现实主义或批判现实主义作家不同的，是卡尔维诺找到了属于他自己的小说完成方式，那就是"一只脚跨进幻想世界，另一只脚留在客观现实之中"的独特创作方式。

　　战后的 1945 年，卡尔维诺随家人迁居都灵，并在都灵大学攻读文学。大学毕业后，有两位欣赏他才华并同时向他发出邀请的作家令他在都灵和米兰两座城市之间犹豫不决。他们就是生活在都灵的切萨雷·帕韦泽和生活在米兰的埃利奥·维托里尼。米兰是意大利最发达的工商业城市，更活跃、更生机蓬勃、更有发展前途；而都灵照卡尔维诺的说法则是一座"更严肃、更简朴"的城市。卡尔维诺最终选择了都灵，一方面是因为"选择都灵是一个道德上（宗教上）的选择——我认同它的文化传统和政治传统"；另一方面是因为作家帕韦泽比维托里尼更了解和熟悉卡尔维诺，欣赏卡尔维诺的追求和志趣。帕韦泽推荐卡尔维诺到艾依那乌迪出版社广告部任文学顾问，实际上相当于书籍对外宣传的文字企划。彼时意大利的文学中心是佛罗伦萨、罗马和米兰，都灵的知识环境虽然相对保守，但知识分子日常对哲学、历史、政治、社会的讨论和研究比意大利其他地方更加深入，这对卡尔维诺来说其实未必是坏事，因为他骨子里就是一个哲学家，人们只是更习惯于谈论他的小说，实际上他的文学和历史随笔以及政论文章所闪耀的思想花火丝毫不在他小说之下。

意大利最早的首都就在都灵。都灵是工业城市，菲亚特就诞生在这里，有大约十万都灵人在为菲亚特工作，所以都灵又被称为意大利的"汽车城"。艾依那乌迪出版社就位于都灵最繁华的罗马大街旁。卡尔维诺经常会在罗马大街旁的那些有数百年历史的咖啡馆喝完咖啡后，穿过宽阔的圣卡洛广场，去位于广场东北角的埃及博物馆看文物，那里有最古老的埃及文物和全意大利馆藏最丰富的萨伏依画廊。从卡尔维诺的办公室窗子望去，不仅可以看到圣卡洛广场的全景，还可以看到不远处著名的科隆大教堂，卡尔维诺就是在这样的环境下开始写作关于英国作家康拉德小说的论文并开始创作《通向蜘蛛巢的小径》。我甚至认为是那些令他百看不厌的古老神奇的古埃及文物重新激活了卡尔维诺儿时的各种梦幻与灵感，使得他的小说一上来就开辟出全新的语言表述形式，出人意表更令人耳目一新。就以《通向蜘蛛巢的小径》为例，人们既觉得它像是意大利游击抵抗运动的历史，又像是一个发生在大森林里的童话故事。在小说中，当黑夜来临时，主人公皮恩又遇上了当初领他上山投奔游击队的大个子库齐诺。之后他们两人一大一小手拉着手行走在通往蜘蛛巢一般的小径上，四周则飞舞起亮晶晶的萤火虫……这种画面，曾令多少人混淆了童话与现实，抑或是残酷的现实原本就是美丽童话的翻版？答案或许只有卡尔维诺知道。

王小波说："卡尔维诺厌倦了讲故事，于是开始探索小说形式的无限可能。"我并不完全同意王小波的认知，因为对于卡尔维诺而言，他讲故事的方式从一开始就是寓言体的，就是附带了浓郁童话色彩的，而非传统故事样式的，与对传统故事样式厌倦与否没有关系。小说对于卡尔维诺而言不仅是作为"文体"形式的一种存在，更是一种隐喻的"思维"，这决定了卡尔维诺的小说不习惯封闭具体时空存在，也不耽于描述人物实在形象，而是从始至终执着于探寻人类普遍的生存意义。

纽约——哈瓦那——巴黎　六〇年代

　　1959 年 11 月，36 岁的卡尔维诺接受美国一个文学基金会的邀请到美国访学。在此后的半年时光里，他以纽约为中心，跑了美国中南部的许多地区，然后将他在美国的旅途见闻变成一篇又一篇作品寄给都灵的媒体发表。这些作品很像是他的个人日记，也颇像是某一类新闻特写，最后成书时的书名叫作《一个乐观主义者在美国》。卡尔维诺算不算一个乐观主义者不好说，但他显然很喜欢纽约，一个原因应该是他在纽约认识了他的妻子。另一个原因则与他出生在美洲有很大关系。

纽约的繁荣与现代给卡尔维诺带来震撼，同时也令他陷入思索。离开纽约后回国不久，卡尔维诺就在媒体上发表了一系列文章，如《向迷宫挑战》《惶惑的年代》《物质世界的海洋》等，就20世纪60年代资本主义发展新阶段中知识分子和文人同现实功利社会之间所产生的新关系进行了探讨。指出"那些向'物质世界'投降的人们已沦为商品化的人了，他们的思想也已经商品化了"，"战后出现的这种向物质世界投降的历史现象是由于人类无力诱导事物发展的进程所致"。值得一提的是，卡尔维诺在纽约的时候经常只是"小心地"使用英语，因为英语始终是他的短板。他最惯常使用的还是西班牙语，就像他在古巴，无论走到哪里，他一口流利的西班牙语都会令人误以为他就是一个当地人。

我一直都想知道1964年2月的哈瓦那发生了什么，想知道当卡尔维诺与切·格瓦拉在哈瓦那的海边见面时，二人都有一些什么互动；想知道当卡尔维诺与拥有南亚血统的艾斯特尔·辛格在哈瓦那举行婚礼的时候，这个在他眼里成熟又知性的女人，到底给了他何种"强大力量"。卡尔维诺曾经说过："在我的生命中，我遇到过许多有强大力量的女性，我不能没有这样一个妇女在我的身旁。"是的，从此这个有着强大力量的女人成为了卡尔维诺生命里的一部分，她的名字也变成了艾斯特尔·卡尔维诺。

1967 年，卡尔维诺移居巴黎，在之后的 15 年里，巴黎成了他主要居住的城市。卡尔维诺说："巴黎十分浓浊，很多东西、很多涵意深藏不露。或许它让我有一种归属感：我说的是巴黎的意象，不是城市本身。然而又是城市让你一落脚立即感到亲切。"巴黎的"亲切"源于他的妻子艾斯特尔作为联合国教科文组织的工作人员，经常需要在巴黎公干，他们可以在此相聚；更重要的是因为卡尔维诺需要巴黎带给他不一样的冲击和灵感。没错，这座城市是属于文学的，他喜爱的福楼拜、司汤达、巴尔扎克和普鲁斯特曾经在此生活；这座城市更是属于思想的，这里有思想大家列维·斯特劳斯、罗兰·巴特、索绪尔、普洛普、格雷马斯、托多洛夫、福科、拉康、德里达，后现代哲学，符号学，精神分析学，知识考古学，镜像理论学……这些前沿社会科学都被卡尔维诺拿来用作他文学创作里的"活水"，卡尔维诺和列维·斯特劳斯、罗兰·巴特过从甚密，在与这些著名思想家接触的时候，卡尔维诺更多的只是一个听众，他如饥似渴地在汲取一流大师的营养以丰富自己。

在巴黎，卡尔维诺说："有这样一种文学，呼吸着哲学和科学的空气，但又与它们保持距离，具有像微风那样的轻灵感，在它身上既有理论上的抽象，又有现实中的具体。"这或许就是巴黎送给卡尔维诺最厚重也是最实用的礼物。

卡尔维诺认为，写作就是"跟随大脑那闪电般的动作，在相距遥远的时间和地点之间捕捉并建立联系"。对于文学而言，这是迅捷，但对于现实的日常生活而言，它却是离题、重复和浪费。在巴黎期间，卡尔维诺出版了一部小说集，名为《时间零》。其所要表达的就是一种"绝对时间"的概念。而对于什么是所谓的绝对时间概念，卡尔维诺有一个著名阐述：比如猎手去森林狩猎，突然，一头狮子张牙舞爪，向猎手扑来。猎手急忙弯弓搭箭，向狮子射出一箭。狮子纵身跃起。羽箭在空中飞鸣。这一瞬间，犹如电影中的定格画面一样，呈现出一个绝对的时间。它便是"时间零"。这一瞬间以后，存在着两种可能性：狮子可能张开血盆大口，咬断猎手的喉管；也可能被羽箭射个正着，狮子一命呜呼。但那都是发生于时间零之后的事件，也就是说进入了时间一，时间二，时间三。至于狮子跃起与羽箭射出以前，那发生在时间零以前，即时间负一，时间负二，时间负三。所以有人认为，卡尔维诺并不是一个纯粹的作家，他更像是一个用文字来贯通各种艺术门类的集大成者。

　　卡尔维诺将现实主义的元素和奇异的、魔幻的元素巧妙交替和融合在一起，现实不是以直接铺陈的方式，而是通过文化、智力的中介，借助各种艺术手段（嘲讽、奇遇、科幻、想象）来予以展示。巴黎的 15 年，不算特别长，但绝对不算短。卡尔维诺说："这几年我在巴黎有一个家，每年会来住一阵子，不过直到今天这个城市从未出现在我笔下。或许要写巴黎我得离开远远的。"是的，巴黎给了他创作的无尽源泉，至于他写不写巴黎，在什么地方写巴黎，实际上并不那么重要了。

20世纪70年代，卡尔维诺创作了多部具有浓郁后现代派创作风格的小说，比如《看不见的城市》（1972）、《命运交叉的古堡》（1973）、《寒冬夜行人》（1979）等。其中他的短篇小说集《马可瓦多》的问世，标志着其创作的新高度，小说以寓言式的风格，揭示了从社会学、心理学和生理学的角度都已蜕化的人类社会，描述了当代人的孤寂、惶恐、陌生和不安。还有就是小说《帕洛马尔》，卡尔维诺通过这部小说想要说明的是：现代小说应该像百科辞典，应该是认识的工具，更应该成为客观世界中各种人物、各种事件的关系网。在卡尔维诺中后期的小说中，"游戏"上升到了一种理论的高度，在他的《看不见的城市》《命运交叉的古堡》《寒冬夜行人》中，涉及了诸如结构主义、符号学、解构主义等理论，他的小说与这些理论之间相互指涉，以文学和哲学两种方式对存在进行思考和解释。所有这一切都与他在巴黎的15年关系甚大，与巴黎的思想家们对他的影响关系甚大。

罗马——布宜诺斯艾利斯—— 佩斯卡拉——卡斯提格连　八〇年代

1980年，卡尔维诺重新回到罗马居住。转年，他在罗马接受了意大利政府授予他的退伍军人荣誉勋章。但卡尔维诺更多的时候还是住在他海边的别墅，这座别墅与他童年在圣雷莫所住的那栋别墅十分相像。

卡尔维诺的别墅位于距罗马 100 多公里的托斯卡纳大区格罗塞托省北部的罗凯马尔，这是一个僻静的高档别墅区。1982 年的整个夏天，卡尔维诺都住在这里。这一年的夏天也是卡尔维诺会见朋友和记者最为集中的一个时期。但这并不能说明卡尔维诺是一个喜欢热闹的人，实际上他既不外向更不健谈。卡尔维诺曾将他的不善言谈部分归结为家庭的原因，他说："我出生时我母亲 40 岁，父亲差不多 50 岁，因此我们之间有很大的鸿沟。相互之间说的话并不多。"但卡尔维诺无疑属于恋旧的人，在和他走得近的朋友当中，有好几位都是他当年在都灵艾依那乌迪出版社时的同事。

回到意大利的卡尔维诺已经家喻户晓，他的名字比国内的多数政要更有知名度。因为那部他费时两年整理完成的《意大利童话》已成为全国小学生的必读书目，因此他还有了另外一个身份，那便是孩子们的"童话爷爷"。走在罗马的大街上，他经常会被人认出来，尽管他并不喜欢与他不熟悉的人寒暄。而更多的人还是把目光聚焦在了他的作品上面，因为卡尔维诺的作品与人们所熟知的现实主义、魔幻现实主义完全不同，以至于许多人怀疑，小说真的可以这样写吗？对于多数意大利人而言，他们或许无法真正理解卡尔维诺的作品，但这并不妨碍他们视卡尔维诺为自己国家的"国宝"。

1985 年 4 月，卡尔维诺去阿根廷首都布宜诺斯艾利斯参加一场传奇文学会议，在那里，他见到了早已失明的博尔赫斯。当卡尔维诺用西班牙语小声向博尔赫斯讲述他的那些奇幻想法时，博尔赫斯一直都在微笑着倾听。而就在 1985 年的诺贝尔文学奖候选人名单中，卡尔维诺与博尔赫斯的名字排在一起，尽管最终二人因不同原因都未能得到这个奖。

　　卡尔维诺的脑溢血没有任何征兆，是突发。当时他正在自家的园子里准备哈佛大学诺顿学院的英文讲座稿。卡尔维诺的英语一般，但他却打算用英语为哈佛的学子们做讲座。

　　第一次脑溢血过后，卡尔维诺从昏迷中醒来，显得神智混乱。他以为一个医疗助手是警察，随后他怀疑自己刚做了一次心脏大手术。医生告诉记者自己从未见到过像卡尔维诺这样复杂而精密的大脑。在卡尔维诺入院抢救的两个星期里，每一天医院都会定时对外发布卡尔维诺的病情公告，整个意大利都在关注着卡尔维诺的病情，就连意甲足球俱乐部的队员，在踢完一场意甲联赛后都纷纷向记者询问卡尔维诺的最新病情进展。

　　至今在都灵知识界依然流传着一种说法，那就是卡尔维诺并非不想以更传统更被大众所熟悉的现实主义创作手法去进行创作，比如像他崇拜的帕斯捷尔纳克创作《日瓦戈医生》那样，但当卡尔维诺发现直面现实很难时，便采取了寓言故事的形式来探索现代世界面临的种种问题。卡尔维诺没有直接描写我们周遭的种种不堪与暴行，而是转向了幻想寓言体的写作，用寓言这一工具来撬动这个板结的现实世界。卡尔维诺在接受意大利电视台采访时说过的话也多少印证了这一点——"幻想如同果酱，你必须把它涂在一片实在的面包片上。如果不这样做，它就没有自己的形状，像果酱那样，你不能从中造出任何东西。"

卡尔维诺是真正死于工作岗位上的英雄，体现了自古希腊到古罗马一脉相承下来的西方文明中的贵族精神。要么死于战场，要么为正义和真理而献身。卡尔维诺险些做到了前者，最终做到了后者。他的那些带有童话色彩极具风格的寓言体作品，如果你一点点刨开表皮而露出肌理，就可以听到作品的内核所发出的对正义与真理的呼喊。

佩斯卡拉位于意大利东海岸的阿布鲁佐大区，临亚得里亚海，与阿尔巴尼亚隔海相望。这里是意大利著名作家邓南遮的故乡，城内有邓南遮纪念馆。1985年9月6日，卡尔维诺因脑出血被送进佩斯卡拉的西爱纳医院抢救，9月19日凌晨，卡尔维诺在该医院里与世长辞。

卡斯提格连位于地中海岸边，这是一座不大的小镇，而卡尔维诺的墓地则位于镇外一座临海的小山上面。卡尔维诺的葬礼简单而庄重，意大利国会差不多所有党团都派员来参加了，而在来送行的作家中包括了翁贝托·埃科。埃科也是唯一可以在文学创作、哲学素养、符号学研究等方面与卡尔维诺生前掰一掰手腕的人物，而卡尔维诺死后，擎起意大利文学旗帜的重任无疑就交到了他的手上。

卡尔维诺说他的《帕洛马尔》一书是"一部用第三人称写成的自传",并坦言"帕洛马尔的任何经验,都是我的经验"。在小说中,主人公帕洛马尔极富想象力和思辨精神。他迷恋于对客观物体及其状态进行细致的观察,如大海的浪花,壁虎的形状以及月亮、星辰、草地。他不断地向自己提出各种各样的问题,例如性欲、死亡、人在社会中的境遇等,探究人与宇宙的关系,这的确像极了卡尔维诺本人。或许正因为如此,卡尔维诺最终的安息之所——卡斯提格连镇,对外总是要宣称自己是"帕洛马尔先生的镇子"。

　　《帕洛马尔》最后一章的开头是:"帕洛马尔先生决定从现在开始他就表现得如同已死之人,看世界在没有他的情况下如何运转。"世界在没有他的情况下肯定不会停止运转,只是随着转速越来越高,这个世界本身正变得像是一篇停不下来的寓言。

撒谎者格雷厄姆·格林

严格来说，每一位小说家都是撒谎者，但并不是每一位小说家都像格雷厄姆·格林那样，撒谎是全部的生活。按照最权威的格林传记《格雷厄姆·格林：内心敌》作者谢利的说法，除了写作，格林这一辈子只认真做过一种工作，那就是——特务。而特务的基本功之一就是撒谎。再有，格林一生都在背叛他的妻子，而背叛的代价之一同样与撒谎密不可分，往往需要为了弥补一个谎言更派生出一连串的谎言。这还不算完，格林与多数沉溺于偷情的男人不同，他的情人在多数时间内都不止一个，于是乎格林需要在妻子以及不同的情人之间进行着谎言的转换乃至于谎言的翻新。很难说是不是缘于这一特质，格雷厄姆·格林早早地便开始创作起自己的"传记"来，并且不断嘱咐想要了解他的人去看他自己写的传记，然而，按照谢利的说法，那根本就不靠谱儿，不真实，是谎言。

　　许多人都觉得格林与毛姆很像，二人都曾被评论界争论他们到底属于通俗文学作家还是严肃文学作家，他们都很能通过写作去赚钱，都不好亲近，都滥情，就连长相二人都有那么一点点的相似。只不过格林的家世比毛姆要高一些，格林显然也比他的前辈毛姆要更能赚钱一些。曾经有记者问格林，严肃作家是不是一定要做金钱的敌人？格雷厄姆·格林的回答斩钉截铁——"不是！"没错，格林赚钱比毛姆有过之而无不及，他的作品虽然始终有争议，但总体上比毛姆的争议要小得多，人们更乐于将格林作为一位会讲故事的严肃作家看待，这从格林所获得的奖项多数都属于纯文学奖项便可见一斑，比如耶路撒冷文学奖、莎士比亚文学奖等。但格林同时还获得过美国推理作家协会的最高奖项——大师奖。从某种意义上说，格林打破了严肃小说和类型小说的界限，以至于不仅读者，就连所谓的很多评论家也分不清格林的哪部作品是严肃小说，哪部作品是类型小说。但这些于格林而言似乎并不是最重要的，拥有良好出身与家境的格林一生除了因与女人感情纠缠，经常自寻烦恼之外，他几乎可以轻松得到许多在别人眼里很难得到的东西。即使是在二战最艰苦的那几年，格林的各方面境况也远远好于与他同时代的那一批作家，甚至包括了他的前辈——同样能赚钱的毛姆。与他的前辈不同，格林对诺贝尔奖是垂涎的。这与诺奖丰厚的奖金关系不大，却与格林的虚荣心关系不小，毕竟，一个作家想要的包括能要的，格林差不

格雷厄姆·格林

多都拥有了，要说还差什么，大约只剩下了一个诺奖。对于获得诺奖，格林曾经是踌躇满志的，除了其作品的价值与影响力外，格林的粉丝团中包括了加西亚·马尔克斯、奈保尔、库切、巴尔加斯·略萨、威廉·戈尔丁等。他的这些铁粉都获得过诺贝尔文学奖，可他们的偶像格林呢，依旧每年铁打不动地出现在诺贝尔文学奖的候选名单中，但就是无法获奖。

　　一生 21 次获得提名却没有获得诺贝尔文学奖，对于格雷厄姆·格林而言，与其说是一种失败，不如说是上帝不想让这个有着标准英国绅士颜值的男人活得过于"圆满"，格林拿上帝也没有办法。对此，《伦敦星期日时报》曾经有过比较靠谱的解释，当被问及为什么不把诺贝尔文学奖授给格林时，有三位诺贝尔文学奖的评委表达了大致相同的意思，其中阿图尔·朗科维斯说："格林太受大众欢迎了，再说，他也不缺钱。"当然，还有更狗血的说法，那就是格林睡了斯德哥尔摩某位诺奖评委的女人，这话多数人只当笑谈，却并非空穴来风。格林在与《恋情的终结》中的女主人公原型凯瑟琳保持着婚外情的同时，其实一直都没有停止追寻其他女人的步伐。正是在格林获诺奖呼声最高的那几年里，他果断喜欢上了家住在斯德哥尔摩的瑞典女演员阿妮塔·比约克。比约克同样是一个多情的有夫之妇，她丈夫的自杀据说就与比约克有多个情夫有关。格林曾多次去斯德哥尔摩探望比约克，并且与比约克高调牵手逛街。很难说这些举动没有刺激到某位比约克的情夫或仰慕者，而他会不会就是诺奖的某位评委？这个我无从推理，但在只有几十万人口的斯德哥尔摩，两位有国际影响力的名人之间所产生的一点都不低调的恋情，不刺激到某些人的敏感神经怕是也难，尤其是以保守著称的诺奖评委们。

如果格林这一生只有女人做他的陪衬，他的故事不会像后来那么引人注目，终身特工的身份才是令许多人对他感兴趣的缘由。1941年年底，正是二战最激烈的阶段，英国军情六处想招一名对西非熟悉的特工。格林曾到过西非多个英属殖民地，最主要是格林的妹妹就在军情六处总部工作，于是格林很顺利地被录取了。当然还有一种说法，那就是格林事先声明除"活动经费"外，他不从军情六处拿一分钱工资，以此来支持正在进行的反法西斯战争。历经了一系列培训，格林拥有了一个代号，从此在军情六处的人眼里，他不再是格林，而是"59200"，"59200"被派到了塞拉利昂。

我最早看过的格林的小说是《一个自行发完病毒的病例》，故事就发生在塞拉利昂。主人公建筑师奎里悲观厌世到了极点，却又受困于灵魂的挣扎并渴望救赎；为结束之前放浪形骸的生活，奎里深入非洲去麻风病医院工作。在书中，格林通过他人之口不止一次地说奎里是一个自行发完病毒的病例，他真的治愈了自己吗？医生说是真的痊愈了，因为他学会了为别人服务，并且会笑了。但那些他曾经深深信仰过的东西，却不复存在了。"奎里什么都被治愈了，只除了他过去的名声。"小说中的柯里医生在奎里死后这样说道。

说实话这部小说没有让我对格林产生足够的兴趣，后来我才发现，这部小说其实在格林诸多的作品中不算突出，而且与其他作品比较"隔"，难以与其他作品共成系列。写这部小说的时候，格林也并没有到达他的成熟期。真正令我对格林重新认识并产生了兴趣，是在接触到《布莱顿硬糖》《哈瓦那特派员》《命运的内核》后，尤其是看过《恋情的终结》之后，让我感觉到一个作家能够把男女间无法放到阳光下的情感，写到如此悱恻柔靡又揪心动肺，简直到了令人叹为观止的地步。事实上，格林的情感生活比他的小说还要丰富不知道多少倍。从成年开始，格林就从没有哪怕几个月的感情空窗期，成年后的岁月几乎被各类女人所填满，有淑女，有浪女，更多的还是有夫之妇，即便如此，这家伙依旧对世界各地的妓院红灯区了如指掌。他没有一贯的信仰，他反右派也难说是左派；他天生是特务，终生是特务，靠情报机关的"活动经费"跑遍了大半个世界，在干特务的同时还坚持每天写作 500 字左右的文学作品；他善于说谎，已经证明的一个事实是——他自己的自传里充满了胡编乱造的谎言，而真实的自己，格林自己一直缄口不言，他想通过自传展现给人们的，其实是一个和他同名同姓的男人。

在 20 世纪 60 年代中期，格林把自己的老婆和情人凯瑟琳留在伦敦，自己住到了法国的安提比斯市。那是他的另一个情妇伊冯娜生活的地方，他俩的关系一直持续到格林生命的终结。在这十年里，凯瑟琳的健康开始恶化：一次事故之后的手术失败，令凯瑟琳几乎变成了酒鬼。格林却写信告诉她关于伊冯娜的事，他说，他和伊冯娜有了一段"真正安静的爱情……平静得像是一对老夫老妻"，与他和凯瑟琳的爱情形成鲜明对比。格林认为他与凯瑟琳之间的爱情是"令人饱受折磨的爱情——一段可以让你无比幸福，有时也让你无比悲惨的爱情……我总是记得，你从未令我厌倦——你令我陶醉、兴奋、焦虑、生气、受折磨，但从未令我厌倦"。很难想象这是一个多情乃至滥情的男人写给自己最爱的女人的书信，向自己最爱的情妇诉说自己与另一个情妇的种种美好或不堪。

台湾资深出版人唐诺认为，与格林相比，其他作家写的偷情故事未免可笑。"格林极可能是20世纪小说家中最会、也最专注于说故事的人。格林写男女偷情，几乎已届'至小无内，至大无外'的令人叹为观止的境地。"我同意这种说法，虽然托尔斯泰笔下的安娜·卡列尼娜，福楼拜笔下的包法利夫人，谷崎润一郎、三岛由纪夫笔下的东方偷情者，都有着各自的权宜算计、不羁决绝以及凄美特质，但仅就描写出轨男女之间微妙的感情互动方面，没有人写婚外情能像格林这样得心应手。在格林的笔下，偷情的男女之间有狂热的爱，也有狂热的恨、狂热的嫉妒、狂热的猜疑、狂热的意念、狂热的毁灭欲，这是那些没有经历过此类感情的作家仅靠想象难以创作的。在《恋情的终结》中，格林几乎让每一个拥有类似感情经历的男女都叹为观止，没错，爱的另一头不是更爱，而很可能是恨，是缘于嫉妒、猜疑与无法控制的占有欲的恨。

与多数作家不同，格林算不上勤奋，他每天只会用自己的黑色钢笔在黑色的笔记本上写作，而且每天只写500字左右，一旦写到500字，他就会停笔，无论他的写作是顺畅或艰涩。而他会把更多的时间留出来用于娱乐消遣，当然还有就是与女人谈情说爱。格林追求闲适，却又讨厌热闹，这种矛盾心态伴随了他一生。有一年的圣诞节，为逃避伦敦的热闹，格林决定不带任何一个女人去南太平洋的斐济和塔希提岛旅行。可是，由于航班和天气的影响，他却三次跨越国际日期变更线，结果反而连续经历了三个圣诞夜，这令他后来和朋友提起这件事时总显得怒不可遏。

威廉·福克纳非常推崇《恋情的终结》，他说："我这个时代里最真实也最感人的长篇小说之一，在任何语言里都是如此。"的确，《恋情的终结》里的主人公或许才是最真实的格林，英国几乎所有主流评论家都认为，《恋情的终结》里的"我"远比格林自己创作的个人传记更接近格林本人。格林的铁粉、作家威廉·戈尔丁曾将格林评为"20世纪人类意识和焦虑最卓越的记录者"，但戈尔丁同时也承认，格林是一个不够明朗的人，他没有用"撒谎"一词，而是用了"不够明朗"。

用28年时间追踪格林足迹继而写出《格雷厄姆·格林：内心敌》的谢利，把这部作品的第一章就命名为《谎言与破译》，为什么要破译？谢利说，这是因为"格林撒谎成瘾"。

而格林未必会承认他是在撒谎，或许就像他自己所说的，他只不过是在"背叛"。格林在接受"莎士比亚文学奖"时做过一个主题为"不忠的美德"的演讲。他说："不忠给小说家额外的理解维度。"格林一生都在背叛，背叛父亲和哥哥，背叛妻子，背叛天主教信仰，背叛严肃小说，背叛娱乐小说，背叛他所倾向的左翼阵营……有人曾说格林属于类似"性瘾者"那样的"爱瘾者"，他一生都在从不同的女人身上汲取爱，并且永不餍足。格林在文学上并非是一个"疯魔者"，他的写作更像是英国传统中的某种"绅士写作"，但在对感情的攫取上却形同于一个"疯魔者"。格林曾在他的小说中讲道："唯一能真正持续的爱是能接受一切的，能接受一切失望，一切失败，一切背叛。甚至能接受这样一种悲哀的事实，最终，最深的欲望只是简单的相伴。"这与其说是格林的实话实说，不如说是他一种无奈下的喟叹。

后　记

　　在我十七八岁时，曾买到过一本《外国现代派作品选》，很厚的书，封底标有"内部参考"字样。书中收录有萨洛特的《天文馆》，贝克特的《等待戈多》，凯鲁亚克的《在路上》节选，阿达莫夫和热内的剧本，还有横光利一和安部公房的短篇小说。事实上即使到今天，除却凯鲁亚克，书中收录的其他作家无论是他们本人还是其作品依旧显得"冷门"或小众。但这显然不能代表这些作家及其作品的真正价值。

　　卡莱尔说："凡伟大的艺术品，初见时必令人觉得不十分舒适。"如果这话正确，那我不得不说，我当下读到的许多书包括外国作家的某些书实在是太流畅太好读了。而在这些作品的后面，则是一张张看上去大同小异的脸。我知道，他（它）们更多是符合流行元素与商业考量的作家或书籍。流行与商业，技术化与模板化，使得我们习惯于就文本论文本，作家个人的生活情状与精神世界的积淀养成似乎变得不再那样重要。但我依然喜欢寻根究底，喜欢斟酌或把玩那些经典书籍里文字背后的故事。没错，我想在那些文字的背后与我敬仰的大师们相遇，去和他们打招呼，哪怕只是和他们开个玩笑。

比如我喜欢的诗人佩索阿，这么说吧，我对佩索阿在他里斯本老宅里那几千个孤独的夜晚是怎样一个人度过的，比对他在《不安之书》里说了一些什么甚至更感兴趣。在那些个夜晚，佩索阿为自己创造了 70 多张迥异的"面具"，他们各有不同的外形、个性、生平、思想和政治、美学及宗教立场，相互间有书信来往，互相品评彼此的作品，有的甚至还有亲属关系或合作写作，共同组成一个辉煌的交响乐团，各有其独特的声音，合起来又能演奏出丰富的乐章，而佩索阿既是谱曲者又是这个乐团的指挥……

还有威廉·戈尔丁，我看过他的《蝇王》之后，就更想知道威廉·戈尔丁率领一艘登陆舰在诺曼底登陆时候的模样。还有萨特，我想知道的是在他 35 岁生日当天被德军俘虏时，作为法军气象兵的萨特到底吃没吃完他的生日蛋糕；还有简·奥斯汀，在英格兰的巴斯，我曾在路边险些撞倒她的石膏立像，而立像的旁边就是她住过四年的地方。在那座小楼的二层，患得患失的简·奥斯汀曾拒绝了一位富家子弟的求婚，而从那次拒绝开始，女作家就再也没有摆脱抑郁症的困扰……

作家是靠作品说话的，这话当然没错。但我更乐意去找寻的是那些用作品说出其深刻思想的人。在找寻的过程中，我总是能够邂逅被我们或被世俗所低估的大师，他们不仅用文字，也在用他们的思想和行止，令我在这个热闹无比的世界里领略到什么才是清醒的认识与冷静的见识。

狄　青

2020 年 3 月